# Verliebt in Chloe

FARRADAY COUNTRY • BOOK TWELVE

# CHRIS KENISTON

Indie House Publishing

Indie House Publishing

# KAPITEL EINS

Es gab kaum etwas im Leben, was einen Sonnenaufgang in West-Texas übertreffen konnte. Durch die Mischung von Rot-, Orange-, Gelb- und Rosatönen entstand ein Kaleidoskop aus Farben, das selbst den müdesten Seelen neue Energie gab. Und heute Morgen war Officer Reed Taylor müde.

Die Weihnachtszeit war in vollem Gange, und so oft Weihnachten das Beste in den meisten Menschen weckte, so oft brachte es auch das Verrückte in anderen zum Vorschein. Die Nachtschicht des Tuckers Bluff Police Departments dauerte noch eine Stunde. Und nachdem er eine Bande jugendlicher Witzbolde, die fröhlich Kühe umschubsten, von einem Ende des Farraday-Grundstücks bis zur Nordseite des Grundstücks der Bradys gejagt hatte, fühlte er sich, als hätte seine Schicht Tage, nicht Stunden gedauert.

Reed konnte nur hoffen, dass die guten Leute von Tuckers Bluff von weiterem Unheil Abstand nehmen würden, bis D.J. an der Reihe wäre, sich darum zu kümmern. Er warf einen Blick auf das Armaturenbrett. In vierundfünfzig Minuten wäre er auf dem Heimweg und könnte schlafen, bis der verrückte, verpeilte Hahn seines neuen Nachbarn bei Sonnenuntergang krähte. Dieser Gedanke brachte ihn zum Lächeln.

Es war eine gute Entscheidung gewesen, aufzuhören, zur Miete zu wohnen, und sich ein Eigenheim hier in Tuckers Bluff zu kaufen. Noch besser war es, sich ein Haus außerhalb der Stadtgrenzen ausgesucht zu haben. Das war nahe genug, um bei Bedarf schnell die Polizeistation zu erreichen, aber auch weit genug entfernt, dass die ruhigen Geräusche des Landlebens ihn wie ein Neugeborenes in den Armen seiner Mutter einschlafen ließen. Und wenn er ehrlich war, auch nahe genug am Farraday-Country, wo er des Öfteren zum wöchentlichen Sonntagsessen der Großfamilie eingeladen wurde. Das Marine Corps hatte ihn und D.J. zu Brüdern gemacht. Und Tante Eileen, Sean und die anderen Mitglieder des Clans hatten ihn in die Familie aufgenommen.

„Reed", Esthers Stimme ertönte durch das Rauschen des Funkgeräts, „bist du schon auf dem Weg zurück?"

„Ten-Four", bestätigte er.

„Ich habe gerade einen Anruf von Nadine Peabody erhalten. Sie sagt, dass in ihrem Garten ein Kojote ist, der ihre Katzen nervös macht."

Reed kicherte vor sich hin. Nadine Peabody war ein ganz besonderer Charakter. Dem Bedürfnis einer einsamen alten Frau nach ein wenig menschlichem Kontakt und Gespräch nachzukommen, war wesentlich einfacher als die Dinge, denen er möglicherweise hätte nachgehen müssen, wenn er und D.J. noch bei der Polizei von Dallas wären. „Auf dem Weg."

„Verstanden."

Die Fahrt zu Nadine würde etwa dreißig Minuten dauern. Das Schwierige würde darin bestehen, in weniger als zwanzig Minuten wieder von dort zu entkommen, um rechtzeitig seine Schicht zu beenden. Sein Handy summte und er fragte sich, wer um diese Uhrzeit anrief. „Hallo."

„Hey, Mann. Bist du irgendwo in der Nähe der Ranch?", fragte D.J..

„Sorry. Bin schon daran vorbei. Was ist los?"

„Nicht viel. Jamison braucht Tante Eileens riesigen Corned-Beef-Topf und ich dachte, wenn ich dich erwische, spare ich mir die Fahrt."

„Ich kann umdrehen, wenn du willst. Das Einzige, was noch aussteht, sind Nadine Peabody und ein Kojote, der herumschleicht." Er konnte fast hören, wie D.J. die Augen verdrehte. Der Kojote war höchstwahrscheinlich nur ein weiteres Produkt der Fantasie der kreativen und leicht paranoiden Frau. Sie lebte praktisch in der Tierklinik seines Bruders Brooks. Wenn es so etwas wie Katzen-Hypochondrie gab, dann hatte Nadine diese Krankheit. Obwohl die ganze Stadt wusste, dass das meiste davon nur das Bedürfnis nach Gesellschaft war.

„Ich sage dir was. Du holst den Topf und ich kümmere mich um Nadine."

„Klingt nach einem Plan." Die aufgehende Sonne wurde von einem großen grauen Hügel mitten auf der Straße reflektiert.

„Was zum Teufel?" Als Reed langsamer wurde, waren die jetzt zwei grauen Buckel deutlicher zu erkennen.

„Was ist los?" D.J.s Stimme wurde besorgt leiser.

„Nicht sicher." Sein erster Gedanke wäre gewesen, dass Nadines Kojoten nach Westen getürmt waren, aber die beiden Straßensperren vor ihm waren für Kojoten etwas zu groß. Wahrscheinlicher war … „Sieht so aus, als ob Gray und seine Freundin einen Spaziergang machen."

„Wie weit, sagtest du, bist du von der Ranch entfernt?"

„Vier, vielleicht fünf Meilen."

„Seltsam", murmelte D.J.. „Seit dem Tornado bleiben die beiden immer nahe bei Dad und Tante Eileen."

„Nun, im Moment machen sie eine Besichtigungstour der Straße."

„Besichtigung?"

„Sie stehen einfach da und starren mich an, als hätten sie die Auferstehung Christi gesehen." Da die Sonne höher am Himmel stand, schaltete er die Scheinwerfer aus und blieb nur wenige Meter von den Hundestatuen entfernt stehen.

„Bist du sicher, dass es unsere Hunde sind? *Die* Hunde?" Die Ungläubigkeit in D.J.s Tonfall war nicht zu überhören. Dieser Kerl hatte Reed ein oder zwei Mal sein Leben anvertraut, aber jetzt glaubte D.J. offensichtlich, dass er sein Augenlicht verloren hatte.

„Ich sage dir … warte." Fast so, als wären sie überzeugt, dass sie Blickkontakt hergestellt hatten, wandten sich die beiden stillen Tiere von der Straße ab. „Sie sind in Bewegung."

„Das klingt eher nach ihnen." Ein scharfes Geheul durchdrang die Stille des Landes. „Ist das Gray?"

„Es ist einer von ihnen." Die beiden waren auf der anderen Straßenseite stehengeblieben. Dieses Mal hob der andere Hund seine Schnauze in die Luft und stieß ein weiteres scharfes Heulen aus, bevor er sich umdrehte und erneut davonraste.

Kopfschüttelnd fuhr Reed langsam auf den Seitenstreifen und machte eine Wende, um zur Farraday-Ranch umzukehren. „Auf dem Weg zum Topf."

Kaum war er auf der Gegenfahrbahn, tauchten die adoptierten Farraday-Hunde erneut vor ihm auf der Straße auf und stellten sich ihm wieder in den Weg. Wie zum Teufel hatten sie das gemacht? Ein weiteres Heulen. Ein eisiger Schauer huschte über seinen Rücken und sein Bauch sendete ein Alarmsignal aus. Irgendetwas stimmte nicht, und tief in seinem Inneren wusste er, dass es nichts Gutes war. „Ich könnte schwören, sie erwarten von mir, dass ich ihnen folge."

D.J. zeigte keinerlei Anzeichen dafür, dass ihn das

merkwürdige Verhalten beunruhigte, und kicherte ins Telefon. „Bei diesen beiden weiß man nie."

Er wünschte, er könnte das Verhalten der Hunde genauso amüsant finden wie D.J.. „Ich halte an und schaue mir genauer an, was los ist." Kaum hatte er einen Fuß aus der Tür gesetzt, rannten die Tiere bellend von ihm weg und auf eine graue Nebelschwade zu, die den ansonsten strahlenden und makellosen Himmel durchzog. „Meine Güte!"

„Was?" Aus D.J.s Stimme war jeglicher Humor verschwunden.

„Rauch."

„Wie schlimm?"

„Esther soll besser Alarm schlagen. Nördlich der Hauptstraße, fünf Meilen östlich der Ranch. Der Topf muss warten. Ich bin auf dem Weg."

„Ten-Four."

Reeds Magen sackte nach unten. In dieser Richtung gibt es nur zwei Möglichkeiten. Einer der Bradys, der seinen kleinen Wohnsitz zwischen der Farraday-Ranch und der Stadt hatte. Und Chloe. *Verdammt*. Die freiwillige Feuerwehr des Countys war sicher schon auf dem Weg, aber so weit außerhalb der Stadt lag es am Rancher – oder der Witwe –, den Brand bis zu deren Eintreffen unter Kontrolle zu halten.

Noch nie zuvor hatte er so inständig darum gebetet, dass der Rauch möglicherweise nur von einem katastrophalen Buschfeuer stammte. Chloe brauchte das nicht. Die Hunde waren auf der Weide verschwunden, aber das machte keinen Unterschied, sie hatten ihn auf das Feuer aufmerksam gemacht. Er griff nach seinem Handy und wählte die Nummer der Farradays.

Innerhalb von Sekunden war Tante Eileen am anderen Ende.

„Östlich von euch ist Rauch", sagte er hastig. „Wir könnten eure Wasserwagen gebrauchen."

„Osten. Die Bradys?"

Er war weit genug gefahren, um die Quelle auszumachen. „Nicht so weit."

„Chloe." Tante Eileens Worte trieften von der gleichen Besorgnis, die an seinen Nerven zerrte.

Das winzige Schindelhaus auf dem kleinen Grundstück mitten im Nirgendwo, war ein Schnäppchen für seinen Kumpel Pat gewesen. Sein kleines Stück Himmel. *Verdammt.*

„Ich werde Sean und Finn alarmieren. Und die Bradys. Wir sind gleich auf dem Weg."

Der Anruf wurde unterbrochen, bevor er antworten konnte. Er hätte Tante Eileen im Marine Corps gebrauchen können.

Als er die torlose unbefestigte Auffahrt vor ihm erreichte, gab es keinen Zweifel mehr. Die grauen Schwaden wurden plötzlich dunkel und dicht. Reeds Magen drehte sich erneut um. Er trat aufs Gaspedal und flog wie Wylie Coyote, der den Roadrunner jagte, über die Schlaglöcher. Allerdings konnte er es sich nicht leisten, dieses Rennen zu verlieren.

Was zum Teufel war das für ein Lärm? Chloe Landon öffnete ein Auge. Die Sonne schien kaum durch die Jalousien. Laut der Uhr an ihrem Bett blieb ihr noch mindestens eine Stunde, bis die Mädchen aufwachten. Mit ihren etwas über zwei Jahren hatte Sarah endlich gelernt, nicht mit den Hähnen aufzustehen. Nicht, dass sie Hähne hatte, aber heute Morgen hörte es sich an, als würde ein Schwarm dieser Wecker der Natur an ihrem Fenster kratzen.

Als sie die Decke zur Seite warf, durchbrach ein lautes Bellen die morgendliche Stille. Bevor ihr schlaftrunkenes Gehirn alle Möglichkeiten verarbeiten konnte oder ihre Füße den Boden berührten, erfüllte das Geräusch splitternden Glases die Luft.

„Was zum …" Eine graue Kugel schoss auf sie zu. Die Angst stieg ihr in den Rücken. Ihr Arm fummelte bereits an der verschlossenen Schublade herum, wo sie die Waffe aufbewahrte, auf die Pat zu ihrem Schutz bestanden hatte. *Nicht, dass ich erwarte, dass es hier Ärger gibt*, hatte er gesagt, *aber man kann sich nie ganz sicher sein.*

Ein weiteres Bellen durchbohrte die Erinnerung und große, sehr scharfe und sehr spitze Zähne klammerten sich an den Ärmel der Hand, die immer noch an der verschlossenen Schublade herumfummelte. Ihr Herz sprang fast aus ihrer Brust, aber anstatt sie zum Frühstück zu verspeisen, zerrte das Tier sie aus dem Bett und auf den Boden.

„Chloe?" Die ferne Stimme klang hektisch. „Chloe." Die Verzweiflung, die in der Stimme lag, war unverkennbar. Ebenso die Stimme selbst. Reed. Was zum Teufel machte er zu dieser Stunde in ihrem Haus?

Der Hund ließ ihren Arm los, rannte um sie herum und stieß sie von hinten an, sodass sie fast nach vorne stürzte. Eine andere Stimme, die Stimme eines weiteren Mannes, rief nach Reed. Ihr Mund öffnete sich, um zu schreien, doch stattdessen bellte der Hund, bevor er nach ihrem Nachthemd schnappte, um sie erneut nach vorne zu ziehen.

„Ihr Zimmer ist diesen Flur runter", rief Reed. „Ich hole die Mädchen."

Ihre Mädchen! Wie es schon ihr Mann getan hatte, so vertraute auch sie Reed ihr Leben an. Aber das alles ergab keinen Sinn. Sie manövrierte um den Hund herum, der fest entschlossen war, sie in die entgegenge-setzte Richtung zu bewegen, und rannte zu ihrer Tür, als sich das störrische Tier gegen sie drückte und sie zu den Glasscherben schubste, die vor ihrem Schlafzimmerfenster verstreut lagen.

„Chloe." Sean Farraday stürmte durch ihre Tür. „Du musst hier raus. Schnell."

„Was ist los?" Sie schlug erneut auf den Hund ein und griff nach ihrem Rock. Erst als die starken Hände des Farraday-Patriarchen ihre Taille packten und er sie über seine Schulter warf, roch sie den Rauch, der hinter ihm in ihr Zimmer zog. *Rauch.* Ihre Mädchen! Sie drückte mit aller Kraft gegen seine steinharte Brust und schlug auf den Mann ein. „Lass mich runter! Die Mädchen sind oben."

Nie in ihrem Leben hätte sie gedacht, dass sie gegen einen so netten Mann wie Sean Farraday kämpfen müsste, der sie immer noch fest im Arm hielt und über das Glas sprintete.

„Reed macht das. Wir müssen dich rausbringen."

Worte und Luft kämpften in ihrer Kehle. „Emmie, Sarah", murmelte sie, als Sean sie mit dem Hintern voran aus dem Fenster und in wartende Arme schob.

Starke Arme umschlossen sie. „Je früher du aufhörst, mich zu treten, desto eher kann ich Reed mit den Mädchen helfen."

Es dauerte einen Moment, um zu begreifen, dass sie nun mit der gleichen Kraft gegen Finn Farraday kämpfte, mit der sie zuvor auf seinen Vater eingeschlagen hatte.

„Ist außer den Mädchen noch jemand drinnen?", fragte Finn.

Sie schüttelte den Kopf. Es kamen immer noch keine Worte. Sie musste wieder hinein. Nach oben. Zu ihren Mädchen!

„Die Treppe ist blockiert." Sean Farraday sprang praktisch aus dem Fenster und rannte, ohne seinen Schritt zu verlangsamen, um ihr Haus herum.

„Chloe, du musst mir versprechen, hier zu bleiben." Finn schien völlig hin- und hergerissen zu sein, ob er sie festhalten oder seinem Vater hinterherlaufen sollte. „Wir brauchen Wasser und ich kann nicht beides tun."

Ihr Blick wanderte zu dem riesigen Pickup mit dem riesigen Wassertank auf der Ladefläche, bevor sie den entscheidenden Fehler machte, nach oben zu schauen. Orangefarbene Flammen schossen durch das Dach. Ihr Haus – ihre Mädchen – standen in Flammen.

Als Reed das Innere von Chloes Haus erreichte, hatten die Flammen bereits das Wohnzimmer verschluckt und ihm wertvolle Zeit geraubt. Er konnte auf keinen Fall an zwei Enden des Hauses gleichzeitig sein, und er wollte sich auf keinen Fall zwischen der Rettung von Chloe oder der ihrer Töchter entscheiden. Noch nie war er so dankbar gewesen, Sean Farraday durch eine Tür stürmen zu sehen.

Zuversichtlich, dass Chloe beim Patriarchen der Farradays in Sicherheit sein würde, raste er die Treppe nach oben. Die Hitze in seinem Rücken war sengend und das Holtz unter seinen Füßen gab nach wie ein Schwamm. Er zog sein Hemd aus der Hose und bedeckte mit dem Saum seinen Mund. Er musste zu den Mädchen gelangen. Er musste sie retten. Er konnte nur hoffen, dass schnell weitere Hilfe auf dem Weg war, denn er zweifelte nicht daran, dass er die beiden Mädchen nicht auf dem gleichen Weg aus dem Haus schaffen konnte, durch den er hereingekommen war.

Je näher er dem anderen Ende des Flurs im zweiten Stock kam, desto schwieriger wurde es, vorwärtszukommen. Der Rauch war dick und schwarz geworden, und er tastete sich den Flur entlang, zählte die Türen und dankte Gott dafür, dass er noch keine Hitze brennender Flammen durch die Wände spürte. Obwohl er selten einen Grund gehabt hatte, nach oben zu gehen, erinnerte er sich daran, dass es im zweiten Stock vier Zimmer gab. Zwei Schlafzimmer, Chloes geliebtes Ankleidezimmer, wegen dem sie vor Freude fast in Ohnmacht gefallen wäre, als Pat ihr das Haus zum ersten Mal gezeigt hatte, und noch ein Badezimmer. Nur noch eine Tür.

Die Hitze von unten drang durch den Boden. Seine Füße hätten genauso gut brennen können. Vielleicht taten sie das auch. Keine Zeit zum Nachdenken. Adrenalin schoss durch seinen Körper. Er durfte Chloe nicht im Stich lassen.

Während der wenigen kurzen Schritte zur endlich letzten Tür machte sich Reed nicht die Mühe, nach Hitze zu fühlen. Was auch immer auf der anderen Seite war, dort waren auch Emmie und Sarah. Seine Handfläche brannte, als er den Knauf drehte, die Tür aufstieß und sie hinter sich zuschlug. Nichts. Er konnte überhaupt nichts sehen. Auf allen Vieren schrie er nach den Mädchen. Der dichte Rauch bracht ihn zum Husten. Nichts.

„Emmie!", würgte er heraus. Schweigen. Verdammt.

Das krachende Geräusch von zerbrechendem Glas zerschmetterte die Angst, die ihn zu überkommen drohte. Das musste seine Rettung sein. Wasser strömte herein. Hilfe war eingetroffen. Wenn sie wussten, welches Zimmer sie löschen sollten, dann musste Chloe ihnen gesagt haben, welches das Zimmer der Mädchen war. Chloe musste in Ordnung sein. Doch der Moment der Erleichterung verging zu schnell, um ihn zu genießen. *Die Mädchen.*

Ohne das Wasser, das durch das Fenster strömte, hätte er nicht gewusst, wo im Raum er war. „Emmie!", rief er erneut. Diesmal glaubte er, ein leises Geräusch gehört zu haben. Er huschte zum Fenster und zu dem Einzelbett und tastete es mit den Händen ab. Leer. Es wäre wahrscheinlich zu viel zu hoffen, dass eine Fünf- und eine Zweijährige sich unter dem Bett versteckt hätten.

Noch ein Bett. Es gab ein weiteres Bett im Zimmer, aber es waren keine weiteren Geräusche zu hören.

„Reed!" Connor Farraday rief ihm vom Fenster aus zu. „Hast du die Mädchen?"

„Nein!"

„Verdammt", murmelte Connor. „Ich komme rein."

„Warte", rief Reed zurück. Sein Knie war auf einer harten Oberfläche aufgeschlagen. Das Fußteil des zweiten Bettes. Als er die gleiche Suchbewegung wie beim anderen Bett wiederholte, machte Reeds Herz einen Satz. Unter der Bettdecke lag ein riesiger Klumpen. Er betete zu Gott, dass darunter zwei kleine Mädchen saubere Luft atmeten. „Emmie!"

Eine leise Stimme drang aus einer Öffnung oben in den Laken. „Onkel Reed?"

Emmie. „Ja, Schatz. Ist Sarah bei dir?"

Er war sich nicht ganz sicher, aber er vertraute darauf, dass Emmie ihm gerade zugenickt hatte.

Der Rauch war so dicht, dass er kaum seine Hände vor dem eigenen Gesicht sehen konnte. Als er an Emmie zog, sie geschützt von der Decke über seine Schulter legte, spürte er ein Ziehen neben ihr. „Ja! Hier drüben!", rief er Connor zu.

Der Raum war kaum groß genug für zwei Betten und eine Kommode, aber seine Stimme war das Einzige, was Connor den Weg weisen konnte.

„Die Jungs geben ihr Bestes", Connor streckte die Arme aus, „aber wir müssen uns beeilen. Das Holz gibt nach."

Reed reichte seinem Freund das ältere der beiden

Mädchen, nickte und zog dann Sarah eng an sich. Eine einzelne dünne Decke bedeckte sie. Der einzige Schutz, den er für das kleine Kind hatte. Das Fenster war nur noch einen Schritt entfernt. Connors Kopf verschwand auf der gegenüberliegenden Seite des fehlenden Glases und der Schraubstock, der sein Herz zusammendrückte, lockerte seinen Griff ein wenig nach. Noch ein paar Augenblicke und beide von Chloes Mädchen wären in Sicherheit. Der Lärm der Aufregung draußen drang zu ihm hinauf. Chloes Stimme schrie verzweifelt nach ihrem Kind, als Connor mit Emmie den Boden erreichte.

Unter seinen Füßen knarzten die Dielen, ein Brüllen drang an seine Ohren und er wusste es. Die Zeit war gerade abgelaufen. Der darauffolgende Knall sprengte die Tür aus den Angeln und die verzehrenden Flammen brachen ins Innere und jagten sie wie Höllenhunde. Der Himmel möge ihm beistehen. Er hatte keine Wahl. Als er den letzten Schritt vorwärts tat, brachte er nur noch ein Wort heraus. „Fang!“

# KAPITEL ZWEI

Wie war das passiert? Chloe saß zusammengekauert unter einer Decke auf der Heckklappe eines Farraday-Pickups und drückte ihre beiden Töchter fest an sich. *Wie soll es jetzt weitergehen?*

„Ich wünschte, du würdest ein wenig Tee trinken." Sissy und ihre Schwester standen Seite an Seite, die Lippen fest zusammengepresst, und blickten auf die schlafenden Kinder in Chloes Armen.

„Es geht mir gut, danke." Nicht, dass sie wirklich glaubte, dass es ihr gut ging, aber während der vielen Einsätze von Pat und der Monate nach seinem Tod, die zu Jahren geworden waren, hatte sie fast angefangen, den leeren Worten zu glauben. *Bis jetzt.*

„Gott sei Dank war Reed heute Morgen nicht am anderen Ende des Countys." Sister, eine der Schwestern aus dem Gemischtwarenladen, die Chloe an alles Gute aus den fünfziger Jahren erinnerte – nun ja, vielleicht abgesehen von der Bienenstockfrisur –, hatte ausgesprochen, was Chloe gedacht hatte, seit sie wusste, was genau heute Morgen passiert war.

Die halbe Stadt war gekommen, um das Feuer zu bekämpfen. Jene Flammen, die ihr kostbares kleines Haus verzehrt hatten. Ihr Blick wanderte zu dem großen Mann, der auf sie zukam. Wie alle anderen, die gekommen waren, um gegen die Elemente zu kämpfen, war Reed völlig durchnässt und mit Ruß bedeckt. Er hatte sie gerettet. Erneut.

„Es war der Baum, nicht wahr?", murmelte sie leise.

Reed schüttelte den Kopf. „Das glauben sie nicht."

„Ich schaue mal, ob die Männer noch etwas zu trinken brauchen." Sissy, die rothaarige, größere und schlankere der beiden Geschwister, stieß ihre Schwester mit dem Ellbogen an.

„Oh ja", quietschte Sister. „Ich werde die Kühltruhen holen."

Erst als die beiden Frauen aus ihrem Blickfeld verschwunden waren, wagte Chloe zu sprechen. „Was war es?"

Reed schloss für einen Moment die Augen und erklärte dann seufzend: „Der Heizstrahler. Es waren zu viele Dinge an einer Steckdose angeschlossen. Der Stromkreis hat das nicht ausgehalten."

*Die alte Zentralheizung.* Seit dem Kauf des Hauses hatten sie es mit Spucke, Klebeband und Gebeten geschafft, das Ding am Laufen zu halten, aber letztes Jahr hatte sie endlich den Geist aufgegeben. Heizstrahler waren für ihr knappes Budget die perfekte Übergangslösung gewesen. Zumindest hatte sie das damals gedacht.

„Es tut mir leid." Sein Blick fiel auf die beiden schlafenden Kinder.

Sie konnte den Schmerz und die Aufrichtigkeit in Reeds Worten erkennen. Mehr als einmal hatte er angeboten, die alte Heizung auszutauschen. Wenn nicht als Geschenk, dann als Darlehen, hatte er gesagt. Sie war zu stolz gewesen, um es anzunehmen. Hatte sich gefragt, ob Pat zugestimmt hätte. Da sie sich nicht sicher gewesen war, hatte sie wiederholt *Nein, danke* gesagt. Irgendwie wollte sie es alleine schaffen. Und nun sah sie, was ihr dummer Stolz ihre Familie gekostet hatte.

„Es ist nicht deine Schuld", flüsterte sie. Sie wusste, dass Reed sich in diesem Moment genau wie sie die Schuld für das gab, was passiert war. „Wir sind nicht deine Verantwortung."

Wie oft hatte sie das schon gesagt, und doch wirkte der Mann jetzt nicht überzeugter davon als beim letzten Mal oder dem Mal davor. Sie verstand irgendwie, was hinter Semper Fi und dem ganzen Waffenbrüderkram steckte, aber sie wusste nicht, wie sie Reed oder D.J. davon überzeugen sollte, dass sie und die Mädchen nicht ihr Problem waren. Als sie ihren Blick auf das verkohlte Gebäude richtete, das einst ihr Zuhause gewesen war, hatte sie keine Ahnung, wie es jetzt weitergehen sollte.

Reeds Hand glitt hinter seinen Nacken. Eine Geste, die er immer machte, wenn schwierige Gedanken in seinem Kopf herumschwirrten. In dieser Hinsicht waren er und Pat sich sehr ähnlich. Sie konnte die beiden Männer lesen, als wären sie tatsächlich Blutsbrüder gewesen. „Ich nehme nicht an, dass du und die Mädchen bei mir zu Hause übernachten möchten, während wir klären ..." Sein Blick wanderte zu den Überresten ihres Hauses, aber es kamen keine Worte mehr aus seinem Mund.

Und genau wie bei dem Ofen, den Fenstern und den vielen kleinen Dingen, bei denen Reed ständig zu helfen versuchte, wusste sie, dass sie nicht *Ja* sagen konnte. Aber was sollte sie tun?

„Ich vermute, dass das hartnäckige Funkeln in deinen Augen *Nein* bedeutet?"

Sie seufzte schwer und nickte. Vielleicht könnte sie es sich leisten, ein paar Tage in Megs Bed-and-Breakfast zu verbringen, während sie versuchte, alles mit ihrer Versicherung zu klären.

„Du solltest es wahrscheinlich wissen. Der Ladies-Club streitet sich bereits darum, wer dich bei sich aufnimmt." Den Arm noch immer an seinem Hals hängend, zauberten die Worte ein kleines Lächeln auf Reeds Gesicht. Das Erste, das sie den ganzen Morgen über von irgendjemandem gesehen hatte.

„Das wird nicht nötig sein."

Der Anflug von Humor verwandelte sich in ein breites Grinsen. „Ich hoffe wirklich, dass du nicht von mir erwartest, dass ich ihnen das sage?"

Sie wusste, dass er recht hatte. Der Ladies-Club gab dem Begriff der Gastfreundschaft des Südens eine völlig neue Note. Sie alle hatten ihr Bestes gegeben, um ihr und Pat das Gefühl zu vermitteln, in Tuckers Bluff willkommen zu sein, als sie es zu ihrem Zuhause machten. Und dann noch einmal vor fast drei Jahren, als ein geplatztes Aneurysma den Mann, der mehrere Auslandseinsätze im Nahen Osten überstanden hatte, unerwartet aus ihrem Leben riss. In letzter Zeit hatten sie ihr Bedürfnis nach Frieden und Einsamkeit akzeptiert; Pat war der Extrovertierte in der Familie gewesen, nicht sie. Irgendwann hatte Eileen Farraday verbreitet, dass es sehr an Chloes Nerven zehrte, wenn man sie in absolut alles miteinbezog, was die Stadt auf die Beine stellte. Es war nicht so schwer gewesen, als sie Pat noch hatte. Er hatte ihre Hand gehalten und dafür gesorgt, dass sie sich beruhigte. Aber jetzt war sie allein glücklicher und sicherer.

„Es sieht so aus, als ob die Gewinnerin unterwegs ist." Reed trat mit einem immer noch breiten Grinsen im Gesicht zur Seite.

Sie wünschte fast, es wäre jemand anderes als Eileen gewesen. Als sie nach Tuckers Bluff gezogen waren, war sie gewarnt worden, dass die Matriarchin der Familie nicht kleinbeigeben würde, wenn sie sich etwas in den Kopf gesetzt hatte. Und der Entschlossenheit auf Eileens Gesicht nach zu urteilen, wusste Chloe, dass sie und die Mädchen auf der Farraday-Ranch übernachten würden.

„Ich fürchte, dass die Kleidung im Mädchenzimmer nicht mehr zu retten war." Eileen schaffte es, über die weniger erfreulichen Nachrichten hinweg ein Lächeln zu bewahren. „Catherine hat ein paar Sachen von Stacey, die sie vorbeibringen wird, und Allison bringt ein paar Sachen von Brittany für Sarah mit. Das sollte zur Überbrückung reichen."

„Danke." Es hatte keinen Sinn zu streiten. Sie konnte ihre Mädchen nicht im Pyjama lassen, während sie die Situation klärte. „Das ist sehr lieb von allen."

„Die Schwestern sagten, sobald du dazu bereit bist, können du und die Mädchen auf ihre Kosten bei ihnen einkaufen gehen."

„Das wird nicht nötig sein." Auch wenn sie nicht wusste, wie sie einen kompletten Kleiderschrank ersetzen sollte.

„Nein, ist es nicht. Aber so machen wir das hier. Wir kümmern uns um die unseren. Und ob es dir gefällt oder nicht, du bist eine von uns."

Zum ersten Mal seit langer Zeit spürte sie, wie ihr Herz leichter wurde. Alleinsein war nicht immer das, was man sich einredete.

„Sie werden das überstehen." D.J. Farraday lehnte am hinteren Verandageländer des Hauses seiner Familie.

Reed war sich nicht sicher, ob sein Freund und Vorgesetzter ihn oder sich selbst beruhigen wollte, aber Reed schätzte die Worte trotzdem. So sehr er es auch vorgezogen hätte, Chloe und die Mädchen unter seinem eigenen Dach aufzunehmen, er war kein Idiot. Die Bewohner von Tuckers Bluff waren wirklich gute Leute, aber Klatsch war Klatsch, egal wohin man ging.

Und ein alleinstehender Mann und eine Witwe mit zwei kleinen Kindern waren alle Zutaten, die man für eine verrückte Geschichte brauchte.

Sean Farraday gesellte sich zu seinem Sohn und Reed und reichte jedem ein Bier. „Ich dachte, das könntet ihr gebrauchen."

„Danke", murmelten die beiden.

Während er einen Moment darauf wartete, dass jemand anderes etwas sagte, nahm Reed einen großen Schluck und fragte schließlich: „Wie läuft es drinnen?"

„So gut, wie man erwarten kann. Jeder benimmt sich, als wäre es ein Abendessen wie an jedem anderen Sonntag. Emmie spielt mit Stacey und Sarah malt mit Allison und Brittany. Der Rest des Clans ist entweder damit beschäftigt, Kartoffeln zu schälen, den Tisch zu decken oder sich einer anderen Arbeit zu widmen."

„Wir sollten wahrscheinlich reingehen und unseren Teil dazu beitragen." Reed drückte sich vom Geländer zurück.

Sean Farraday schüttelte den Kopf. „Wir haben heute mehr als genug getan. Die anderen wollen auch helfen."

Auch wenn Reed wusste, dass diese Worte den Nagel auf den Kopf trafen, hinderte ihn das nicht daran, hineingehen und etwas tun zu wollen. Oder zumindest selbst nachzusehen, wie es Chloe ging.

„Ihr beide wisst, dass Pat verdammt froh wäre, dass er mit seiner Familie hierhergezogen ist." Wieder einmal gab Sean den Gedanken Ausdruck, die niemand aussprechen wollte.

Weder er noch D.J. brachten ein Nicken zustande. Aneurysmen gehörten zu den Dingen, die Menschen sowohl in Großstädten als auch in kleinen Gemeinden töteten. Aber darüber nachzudenken, ob Pat hätte gerettet werden können, wenn er und seine Familie sich entschieden hätten, sich in Dallas oder Houston niederzulassen, war etwas, dass in Reeds Alltag eingeflossen war.

Sean zog eine Augenbraue hoch, nahm einen langsamen Schluck von seinem Bier und richtete den Blick von D.J. auf Reed und wieder zurück. „Macht euch nicht selbst fertig. Wir haben vielleicht nicht das Haus gerettet, aber wir haben Pats Familie gerettet, und das ist alles, was zählt."

Diesmal bewegten er und D.J. synchron die Köpfe auf und ab. Alle waren gesund und munter. Das war in der Tat alles, was zählte. Jetzt musste die nächste Frage gestellt werden, die allen im Kopf herumschwirrte. „Wo fangen wir an?"

Es bestand kein Zweifel daran, dass dies eine Aufgabe für die ganze Stadt sein würde. So lief das in Tuckers Bluff einfach ab. Reed war sich ziemlich sicher, dass Chloe versichert war, aber Bürokratie jeglicher Art funktionierte selten reibungslos. Da Weihnachten nur noch wenige Wochen entfernt war, kannte er sein Ziel bereits. Chloe und die Mädchen so schnell wie möglich wieder ein Dach über dem Kopf zu verschaffen.

„Wie ich meine Frau kenne." Sean hielt einen Moment inne und grinste über seine eigenen Worte. Er und Eileen waren erst frisch verheiratet. „Erstellt sie bereits einen Arbeitsplan."

Die Verandatür öffnete sich quietschend und ein knapp einen Meter großes Abbild von Chloe mit leuchtend blauen Augen und goldenen Locken schlurfte auf Reed zu und klammerte sich an sein Bein.

Ohne zu zögern, beugte er sich vor und hob sie in seine Arme. „Wie geht es dir, Mäuschen?"

Sarah legte ihren Kopf an seine Schulter, sagte aber kein Wort. Sie war das zurückhaltendere der beiden Mädchen und blieb immer nahe bei ihrer Mutter. Emmie war eher das Papa-Kind gewesen, weshalb er sich gelegentlich fragte, ob Sarah auch so geworden wäre, wenn Pat nach ihrer Geburt noch dagewesen wäre. Heute war sie den größten Teil des Nachmittags an Reeds Bein gehängt oder in seinen Armen gelegen. Allison musste einige Überredungsarbeit leisten, um sie dazu zu bringen, im Wohnzimmer zu bleiben und mit den anderen Kindern zu malen. Anscheinend hatte die Motivation dafür schnell nachgelassen.

„Sieht so aus, als hättest du eine neue Freundin." Sean lächelte.

Reed nickte. Er war sich nicht sicher, was er von der plötzlichen Anhänglichkeit halten sollte. Vielleicht beruhte sie darauf, dass er der Erste war, der ihr Versteck vor dem Feuer erreicht hatte, oder dass er zufällig der erwachsene Mann in der Menschenmenge war, an den sie am meisten gewöhnt war. Wie auch immer die Antwort lautete, er war froh, für sie da sein zu können.

„Da bist du ja." Chloe betrat die Veranda und zu Reeds Überraschung unternahm Sarah trotz Chloes ausgestreckten Armen keine Anstalten, zu ihrer Mutter zu laufen. „Wir können Onkel Reed nicht so zur Last fallen, Süße."

Sarahs zarte kleine Arme schlossen sich fester um seinen Hals.

„Das macht mir nichts aus." Sanft streichelte er ihren Rücken und ein Gefühl der Zufriedenheit breitete sich in ihm aus, als das süße kleine Mädchen ihren Griff lockerte und sich wieder an seiner Schulter entspannte.

„Ich weiß, aber –"

„Wirklich. Das ist okay." Ein verängstigtes kleines Mädchen zu beruhigen war das Mindeste, was er tun konnte, um einen schwierigen Tag ein wenig einfacher zu machen. Er hatte es schon oft für Fremde getan. Da war es das Mindeste, was er für Pats Familie tun konnte.

„Miss Toni hat extra für uns einen Schokoladenkuchen gebacken", schmeichelte Chloe.

Reed hätte gedacht, dass Schokoladenkuchen ausreichen würde, um ein kleines Mädchen zu verführen, aber Sarah schüttelte nur den Kopf. „Wie wäre es, wenn wir beide hineingehen und etwas von dem Kuchen probieren?", fragte er.

Der kleine Engel neigte seinen Kopf.

„Sieht so aus, als würden wir alle hineingehen, um etwas Kuchen zu essen." Reed lächelte. Welcher vernünftige erwachsene Mann würde schon Nein zu Tonis Kuchen sagen? Er war sich nicht sicher, warum Brooks nicht das Gewicht eines Elefanten hatte. Mit einer Frau, die so gut wie Toni backen konnte, musste der Mann ständig unter Überzuckerung leiden.

Kaum überschritt er die Schwelle, umgab ihn geschäftiges Treiben. Das Sonntagsessen im Haus der Farradays erinnerte ihn an all die Retro-TV-Sendungen der guten alten Zeit. Große Familien, viel Liebe und immer Unmengen an Essen. Und Kuchen.

„Perfektes Timing", rief Tante Eileen vom Spülbecken aus. „Connor hat gerade den Braten ins Esszimmer gebracht."

„Einer von euch nimmt das." Adams Frau Meg streckte ihre Arme aus und hielt eine große Schüssel Kartoffelpüree.

„Ich brauche noch eine Tomate." Catherine ließ eine Handvoll geschnittenen Salat in eine große Schüssel fallen. Connors Frau wohnte nebenan und fühlte sich in der Farraday-Küche genauso zu Hause wie Tante Eileen.

„Hier." Becky kam mit mehreren Flaschen Dressing in den Armen aus der Speisekammer, hielt kurz inne, um ihrem Mann D.J. einen kleinen Kuss auf die Wange zu geben, und reichte Catherine dann eine Tomate.

„Danke!" Catherine lächelte und würfelte diese mit der Präzision, die sie durch jahrelanges Helfen bei der Zubereitung großer Familienessen gewonnen hatte.

Selbst nach diesem anstrengenden Tag brachte ihn der Anblick zum Lächeln. Nicht so bei dem der kleinen Sarah oder ihrer Mutter. Chloe wirkte verlorener und alleingelassener denn je, selbst mitten in einem Esszimmer voller Menschen, und Sarah lockerte ihren Todesgriff um seinen Hals nicht. Das heutige Feuer könnte sich als das Einzige auf diesem Planeten erweisen, was mit ein wenig Farraday-Fürsorge nicht behoben werden konnte.

# KAPITEL DREI

„Es ist sehr nett von euch, uns euer Zuhause zu öffnen." Chloe hatte diese Worte fast den ganzen Abend im Kopf geübt. Nach dem gewaltigen Familienessen und der riesigen Anstrengung, in einem fremden Zuhause, in fremden Betten und bei fast fremden Menschen eine normale Schlafenszeitroutine für die Mädchen einzuhalten, fand sie in der glückseligen Ruhe einer fast leeren Küche bei einer Tasse warmen Tees endlich die Gelegenheit zu sprechen. „Wir wissen das wirklich zu schätzen."

„Ich wünschte, wir könnten mehr tun." Eileen streckte ihre Hand aus und umschloss Chloes geballte Faust mit Wärme. „Ihr könnt euch sicher sein, dass wir euch bald wieder in eurem Zuhause haben werden."

Sean Farraday legte eine Hand auf die Schulter seiner Frau, nickte und trank einen Schluck heißen Kakao.

Sie hatte so große Hoffnungen in dieses Weihnachten gesetzt. In den letzten Jahren hatte Chloe ihr Bestes getan, um für die Mädchen den Mut nicht zu verlieren, aber Weihnachten ohne Pat war einfach nicht dasselbe. Dieses Jahr hatte sie beschlossen, wieder das volle Programm durchzuziehen, so wie früher. Sie hatte sogar beschlossen, Reed zu bitten, ihr draußen beim Aufhängen der Weihnachtsbeleuchtung zu helfen und sie vielleicht zum jährlichen Umzug auf der Main Street zu begleiten. Jetzt, nach dem Feuer, hatte sie keine Ahnung, wie sie ein echtes Weihnachtsfest hinbekommen sollte. Das Herz von West-Texas, ohne die Ablenkungen durch den Wahnsinn der modernen Welt, war ein großartiger Ort, um Kinder großzuziehen, aber für Versicherungssachverständige nicht gut zu erreichen. Sie hatte schon stundenlang Listen im Kopf erstellt. Während die Leute am Tisch über Essen, Schule, Pferde und unzählige andere Dinge plauderten, die sie bereits wieder vergessen hatte, wanderte sie in Gedanken Raum für Raum ab und notierte sich geistig, was jetzt ersetzt werden musste und was warten konnte. Die schiere Länge dieser ständig wachsenden Liste ohne Platz für alles, was auch nur annähernd mit Weihnachten zu tun hatte, reichte fast aus, um sie dazu zu bringen, sich unter der nächsten Decke verstecken zu wollen und erst wieder hervorzukriechen, wenn ihre Töchter das College abgeschlossen hatten.

„Nun." Eileen richtete sich auf ihrem Platz auf und holte ein Bündel aus einem nahegelegenen Korb. „Ich hatte Anfang des Jahres mit diesen Weihnachtsstrümpfen für den Weihnachtsbasar begonnen und sie nie fertiggestellt." Sie entwirrte einen Faden und lächelte Chloe an. „Ich dachte, Sarah könnte der mit dem Schneemann gefallen und Emmie der mit dem Weihnachtsmann."

Von der Fürsorglichkeit überwältigt, biss sich Chloe auf die Unterlippe und schüttelte den Kopf.

„Nicht?", fragte Eileen. „Du hast recht. Sarah ist kleiner, sie wird die Weihnachtsmänner mehr zu schätzen wissen." Mit dem Bleistift in der Hand schrieb Eileen den Namen des Mädchens auf das weiße Band.

„Es tut mir leid. Was ich damit meinte, war, dass ich sicher bin, dass den Mädchen alles gefallen wird, was du für sie machst. Das ist so lieb von dir."

Lächelnd fädelte Eileen den Faden in die Nadel und fing dann langsam an, den mit Bleistift geschriebenen Namen nachzusticken. „Ich brauchte nur eine gute Ausrede, um sie fertigzumachen. Sag mir, was können wir sonst noch tun, damit du und die Mädchen sich hier wohler fühlen?"

„Oh, ihr habt schon zu viel getan."

Eileen schüttelte den Kopf. „Wir haben gerade erst begonnen. Vor allem, da die Feiertage vor der Tür stehen. Weihnachten ist für Kinder immer etwas ganz Besonderes."

Wenn es nach Chloe ging, sollte Weihnachten für jeden etwas Besonderes sein. Sie hatte diese Jahreszeit schon immer geliebt. Aber Eileen hatte recht, es machte mit den Mädchen wesentlich mehr Spaß, Popcorn aufzufädeln und Ornamente anzufertigen. Sie und Pat hatten es schon immer genossen, sich Feiertagstraditionen zu erschaffen, aber als Emmie geboren wurde, steigerte sich dies auf ein ganz neues Niveau.

Die Hintertür wurde zugeschlagen, und Finn Farraday stapfte in die Küche, nachdem er seine Stiefelabsätze akribisch abgetreten hatte. Das war eine der Sachen, die Chloe heute Abend bemerkt hatte. Eileen hatte ihren gesamten Clan gut erzogen. Hier gab es keine Faulpelze.

„Ich habe Sam gerade in seiner Hütte abgesetzt und wir haben unseren Zeitplan so abgeändert, dass du und ich morgen das Haus begehen können. Jamison hat seinen Kumpel aus Butler Springs gebeten, uns zu begleiten. Wenn wir Glück haben, kann der Großteil der Bausubstanz gerettet werden."

Bausubstanz? Gerettet? „Reden wir von meinem Haus?", fragte sie leise.

Finn und Sean nickten.

„So wie ich es sehe", Finn zog einen Bleistift hinter seinem Ohr hervor, einen Notizblock aus der Tasche und schwang ein Bein über einen Küchenstuhl, „können wir, wenn wir morgen keine Überraschungen

finden und wenn wir genügend Freiwillige zusammen-
bekommen, sofort mit den Arbeiten beginnen und das
Ganze vielleicht rechtzeitig fertigzustellen, damit Chloe
und die Mädchen noch vor Weihnachten nach Hause
ziehen können."

Sean pfiff laut. „Das ist ziemlich ambitioniert. Die
hintere Hälfte des Hauses ist so gut wie verschwunden.
Diesen Teil werden wir auf jeden Fall von Grund auf
wiederaufbauen müssen."

Das gesamte Gespräch kam Chloe völlig surreal
vor. Diese Männer – Nachbarn, Freunde – sprachen
über ihr Haus, als wäre es deren Problem, und nicht
ihres.

„Ergibt Sinn. Was sagst du dazu?" Sean blickte zu
Chloe.

Es dauerte ein paar Sekunden, bis ihr klar wurde,
dass sie etwas Wichtiges überhört haben musste, da die
anderen drei Personen im Raum sie anstarrten. „Wie
bitte?"

„Wenn wir sowieso bei Null anfangen müssen,
wäre jetzt ein guter Zeitpunkt, Upgrades und
Änderungen vorzunehmen, die du dir wünscht."

„Ich weiß nicht, ob die Versicherung irgendwelche
Upgrades abdeckt." Verdammt, sie war sich nicht
einmal sicher, ob die Versicherung überhaupt abdeckte,
das Haus wieder bewohnbar zu machen. Stuften diese
Unternehmen Häuser bei einem Totalschaden ebenso
ein wie Autos? Würden sie verlangen, alles niederzu-
reißen und von vorne zu beginnen? Würde sie
genügend Geld bekommen, wenn es so wäre?

„Deine Versicherungspolice wird vermutlich alle
aktuellen Vorgaben abdecken und wenn man bedenkt,
wie alt das Haus war, wirst du am Ende ein viel
sichereres Haus haben."

In ihrem Hinterkopf wusste sie, dass Sean versuchte, sie zu beruhigen, aber es funktionierte nicht.

„Das", Eileen tätschelte erneut ihre Hand, „wird ein Beispiel dafür, wie man Limonade daraus macht, wenn das Leben dir Zitronen gibt. Das Haus wird wunderschön sein, wenn alles fertig ist."

*Wenn alles fertig ist.* Sie war alles andere als eine Pessimistin, aber Chloe hatte das Gefühl, dass die Farradays in dieser Sache etwas zu naiv waren. Nichts im Leben war so einfach, wie es sich anhörte. Sie hatte diese Lektion auf die harte Tour lernen müssen.

Während Sean und sein Sohn sich über Elektriker und den allgemeinen Mangel an Handwerkern in Tuckers Bluff unterhielten, kam ihr immer wieder die beiläufige Verwendung des Wortes *Weihnachten* in den Sinn. Ihr Blick fiel auf einen traditionellen Papierkalender, der an der Hintertür hing und aus dem Futtermittelladen stammte, den Grace' Ehemann Chase besaß. Weihnachten stand tatsächlich vor der Tür. Die Farradays waren nicht nur Optimisten, wenn sie dachten, dass bis zu den Feiertagen alles in ihrer Welt wieder in Ordnung sein könnte, sie hatten auch alle ihren ach so liebenswerten Verstand verloren. Selbst wenn der Weihnachtsmann und alle seine kleinen Elfen nach Tuckers Bluff kämen und sämtliche Arbeit erledigen würden, wäre ihr Leben bis zu den Weihnachtsfeiertagen auf keinen Fall wieder in Ordnung. Nicht ohne ein Wunder.

Chloe und die Mädchen bei den Farradays zurückzulassen, war schwieriger gewesen, als Reed erwartet hatte, aber die nächste Schicht war nicht mehr weit entfernt und er brauchte Schlaf. Nicht, dass er glaubte, dass er Ruhe finden könnte. Auch wenn Chloe in besten Händen war, konnte er die Erinnerung an den verstörten Ausdruck nicht loswerden, der den ganzen Tag nicht von ihrem Gesicht gewichen war.

Er ließ sich auf das Bett sinken und beugte sich vor, um seine Stiefel auszuziehen. Erst einer und dann der andere landete mit einem dumpfen Schlag auf dem Hartholzboden. Er hob langsam seinen Kopf und ließ seinen Blick durch den Raum schweifen. Sechs Monate waren bereits vergangen, und er hatte immer noch mehr Kisten als Möbel im Schlafzimmer. Verdammt, sein ganzes Haus sah aus, als wäre der Umzugswagen gerade erst weggefahren. Wie sollte er helfen, Chloes Haus wieder in Ordnung zu bringen, wenn sein eigenes Zuhause immer noch so aussah, als wäre es der erste Tag seines Einzugs?

Es dauerte ein paar lange Minuten, bis er sich vom Bett erhob. Er hatte sich etwas frisch gemacht, nachdem er das Feuer bekämpft hatte und bevor er zum Abendessen bei den Farradays gefahren war, aber jetzt schrie jeder Muskel seines Körpers nach einer sehr langen, sehr heißen Dusche. Bei jedem Schritt hatte er das Bild des heutigen Morgens vor Augen. Er warf seine Jeans in den Wäschekorb, griff in die Dusche und stellte die Wassertemperatur ein. Das Bild von Pat, wie er am Tag von Emmies Geburt Zigarren verteilte, schoss ihm durch den Kopf. Es war ein so glücklicher Tag gewesen. Er öffnete den letzten Knopf an seinem Hemd, knüllte es zu einem Ball zusammen und warf es wie einen Basketball durch das kleine Badezimmer. Er ignorierte die Bilder einer einst glücklichen Familie, die weiterhin in seinem Kopf herumspielten, und murmelte *er wirft und punktet*, während das wattierte Hemd um den Innenrand des Korbrandes wirbelte.

Das Beste an einer heißen Dusche war wohl die dampferfüllte Luft. Das pulsierende Wasser benetzte seinen Rücken, aber der Dampf drang in jede Pore und sorgte dafür, dass er sich wieder menschlich fühlte.

Doch nichts löschte die Erinnerung an Chloes Gesichtsausdruck oder das Gefühl aus, dass sich die kleine Sarah den Großteil des Tages an ihn geklammert hatte.

Sein Handy ertönte aus dem Schlafzimmer, und nachdem er mit einer Hand die Dusche abgestellt und mit der anderen nach einem Handtuch gegriffen hatte, rannte er durch den Raum und schnappte sich das Telefon vom Nachttisch. „Hallo.“

„Wie geht es dir?“ D.J.s Stimme drang durch die Leitung.

„Gut.“

„Keegan bietet an, heute Abend deine Schicht zu übernehmen.“

Reed fuhr sich mit der Hand über den Nacken. Eine gute Nachtruhe würde es einfacher machen, Chloe morgen zu helfen, vorausgesetzt, er könnte einschlafen. Schließlich würde er niemandem nützen, wenn er im Stehen einschlief. „Das wäre großartig.“

„Hör zu“, D.J. machte eine Pause, „ich weiß, dass du genauso besorgt bist wie der Rest von uns, aber versuch, etwas zu schlafen. Die Dinge werden wahrscheinlich schwieriger, bevor sie einfacher werden. Sie hat sehr viel durchgemacht.“

„Ja.“ Als ob er das nicht wüsste? So verstört Chloe heute auch gewesen war, er vermutete, dass es morgen erst richtig losgehen würde. „Sag Keegan, dass ich ihm etwas schulde.“

„Wird gemacht. Bis morgen.“

Reed unterbrach die Verbindung und starrte auf sein Telefon. Trotz des Brand- und Wasserschadens im Haus hatte Chloes Telefon sicher verstaut in ihrer Handtasche überlebt. Die Versuchung, sie anzurufen und nach ihr zu sehen, wuchs in ihm. Sein Blick wanderte zur nahegelegenen Uhr. Es war noch nicht sehr spät. Höchstwahrscheinlich war sie noch wach.

*Vielleicht.* Ihre Erschöpfung könnte die Oberhand gewonnen haben. Oder vielleicht tröstete sie die Mädchen. Oder er könnte einfach eine SMS schreiben und hoffen, dass er sie nicht störte, falls sie sich ausruhte.

*Hast du alles, was du brauchst?* Er starrte auf das Telefon.

*Ja. Danke. Eileen und Sean sind wunderbar. Sie hat den Mädchen ihre eigenen Weihnachtssocken gemacht und sie zusammen mit denen der restlichen Familie an den Kaminsims gehängt.*

*Das ist nett von ihr.*

Einen Moment später summte sein Telefon. Chloe. „Hallo."

„Die Mädchen sind gerade eingeschlafen. Emmie wollte eine zusätzliche Geschichte hören, aber bei der Hälfte war sie bereits im Traumland."

Der Klang ihrer Stimme milderte die Spannung, die sich zwischen seinen Schultern aufgebaut hatte. „Das ist gut. Das muss für sie so beängstigend gewesen sein."

„Ich denke, sie schwanken zwischen dem Moment der anfänglichen Angst und dem spannenden Abenteuer, als ihr Held aufgetaucht ist."

„Ich weiß nicht."

„Doch. So wie Emmie von dir gesprochen hat, bin ich mir ziemlich sicher, dass du auf deinem weißen Pferd herbeigeritten sein musst, kurz bevor du in ihrem Zimmer aufgetaucht bist und sie in Sicherheit gebracht hast."

„Connor hat sie hinausgetragen."

„Aber du bist zuerst bei ihnen gewesen. Egal, wie man es betrachtet, du bist der Ritter in strahlender Rüstung."

„Ich nehme an, man hat mich schon Schlimmeres genannt."

Chloe kicherte.

Das Geräusch brachte ihn zum Lächeln. Langsam ließ er sich wieder auf das Bett fallen. Er wusste nicht, was er sagen sollte. „Wenn du etwas brauchst, egal zu welcher Uhrzeit, ruf einfach an."

„Ich bezweifle, dass ich irgendetwas brauche. Eileen kümmert sich um alles, bevor ich überhaupt Zeit habe, darüber nachzudenken."

Diesmal kicherte er. Er war schon mehr als einmal der Empfänger von Tante Eileens Großzügigkeit gewesen.

„Glaubst du wirklich, dass wir Weihnachten zu Hause verbringen können?" Ihre Stimme klang leise und sanft und erinnerte ihn an ihre Töchter.

Er hatte keine Ahnung, wie er das bewerkstelligen sollte. Chloe hatte so großartige Arbeit beim Schmücken des Baumes geleistet. Er wünschte, er hätte dabei sein können, um beim Auffädeln der Cranberry-Popcorn-Girlanden zu helfen. Darum wollte er jetzt alles geben, um ihnen ein Weihnachtsfest in ihrem eigenen Zuhause zu schenken. Außerdem, je schneller die Mädchen wieder in eine Normalität zurückkehrten, umso weniger negative Auswirkungen würde diese ganze Tortur auf sie haben. „Das ist der Plan."

„Kommst du morgen mit, um das Haus zu besichtigen?"

„Ja. Ich habe Sean und Finn bereits Bescheid gegeben. Soll ich dich abholen?"

„Ich bin mir sicher, dass ich mit jemanden von der Ranch mitfahren kann."

„Lass mich wissen, wenn sich etwas ändert."

„Werde ich." Für einige Momente blieb es still in der Leitung. „Ich schätze, ich sollte etwas schlafen."

Er nickte, bevor ihm klar wurde, dass sie ihn nicht sehen konnte. „Schlaf gut und denk daran –"

„Wenn ich etwas brauche, rufe ich dich an." Er

konnte das Lächeln in ihrer Stimme hören.

„Gute Nacht.“

„Nacht. Und Reed …“

„Ja.“

„Danke. Für alles.“

Der Anruf wurde unterbrochen, aber er starrte weiterhin auf den Bildschirm. Die nächsten Wochen würden lang und arbeitsreich werden. D.J. lag richtiger, als ihm klar war. Die Dinge würden höchstwahrscheinlich schwieriger werden, aber aus Gründen, die nichts mit dem Wiederaufbau eines Hauses zu tun hatten.

# KAPITEL VIER

„Deine zwei und ich erhöhe um weitere zwei." Eileen warf ein paar Chips in den Pot.

„Wessen zwei?" Ruth, ihre jahrzehntelange Freundin, runzelte die Stirn. „Du hast meinen Einsatz in der letzten Runde erhöht. Es ist Zeit, uns zu zeigen, was du hast."

„Oh." Sie warf einen Blick auf die Karten, die auf dem Tisch lagen, und auf die Karten, die sie noch in den Händen hielt. Sie saß vielleicht am Stammtisch des Tuckers-Bluff-Ladies-Club, aber ihr Herz und ihre Gedanken waren bei ihrer Familie drüben bei Chloes Haus. Sie fragte sich, wie es lief. Überlegte, wie viel Arbeit vor ihnen liegen würde.

„Also?", fragte Dorothy.

Eileen legte ihre Karten ab. „Ich schätze, ich bin ein wenig abgelenkt."

„Ein wenig?" Ruth schüttelte den Kopf und sammelte die Karten ein.

„Okay", Eileen schob ihre Karten in Ruths Richtung, „sehr. Ich denke an Chloe und die Mädchen." Als sie gehört hatte, dass die beiden Hunde Reed auf das Feuer aufmerksam gemacht hatten, sträubten sich ihr die Nackenhaare bei dem Gedanken, wie lange es wohl gedauert hätte, bis irgendjemand anderes den Rauch bemerkt hätte. Selbst jetzt blieb ihr Herz fast stehen, wenn sie daran dachte, was mit dieser Familie hätte passieren können, wenn die Rettungsmannschaft auch nur zehn Minuten später eingetroffen wäre.

Dorothy warf einen Chip für die nächste Runde in den Pot. „Uns geht es genauso."

Ruth nickte. „Die ganze Stadt fühlt sich so."

„Und sobald Sean und die anderen sich melden, wissen wir alle, wo wir anfangen müssen", fügte Sally May hinzu.

Eileen machte sich wahrscheinlich mehr Sorgen um Chloes Gemütszustand als um ihr Haus. Nach Pats Tod hatte es nicht lange gedauert, bis Eileen und die anderen erkannt hatten, dass Chloe zwar ein unglaublich netter Mensch war, sie aber nicht gut mit Menschenmengen zurechtkam. Und soweit Eileen es beurteilen konnte, war für Chloe alles, was mehr als zwei Personen in einem Raum umfasste, eine Menschenmenge.

„Mehr Tee?" Abbie stand mit einer Kanne Tee in der Hand hinter Eileens Schulter.

Alle vier Frauen schüttelten den Kopf. Zu ihrer Überraschung zog sich Abbie einen Stuhl heran und nahm Platz, anstatt nur ein paar kurze Worte zu sagen oder sich an die Leute am Nebentisch zu wenden.

„Willst du mit uns Karten spielen?", fragte Sally May.

„Natürlich nicht. Ich wollte nur fragen, was mit Chloe los ist. Jamie und ich wollen helfen."

„Das wollen wir alle", sagte Ruth.

„Ich weiß. Wir haben uns heute Morgen unterhalten und falls Chloe Antiquitäten mag, kann sie sich gerne alles vom Dachboden des Pubs nehmen, was ihr gefällt."

„Gut." Eileen tätschelte Abbies Hand. „Das ist ein toller Anfang. Sie hat drinnen so ziemlich alles verloren. Wenn es nicht verbrannt ist, wurde es durch den Rauch oder das Wasser zerstört."

„Sie werden so ziemlich alles brauchen und es

dauert immer ewig, bis die Versicherung die Schadenssumme freigibt." Ruth mischte die Karten und seufzte. „Für diesen ganzen Schlamassel braucht es mehr als ein paar eingefrorene Aufläufe oder Willkommenskörbe."

Dorothy nickte. „Selbst Tonis Kuchenbällchen machen das nicht viel besser."

Irgendwann zwischen dem Aufwachen und der Fahrt in die Stadt, hatte Eileen aufgehört, darüber nachzudenken, wie viel Arbeit vor ihnen lag, und über die Hunde sinniert. Unter normalen Umständen wäre das, was vor ihr lag, entmutigend, aber sie hatte gelernt, dass alles einfach, nun ja, zu klappen schien, wenn die Hunde involviert waren. Dennoch gab es noch sehr viel zu klären. Das Leben einer kleinen Familie stand auf dem Spiel. Glücklicherweise war ihr irgendwann zwischen Sonnenaufgang und der Main Street eine Idee in den Sinn gekommen. Noch dazu eine verdammt gute – aber sie musste schnell handeln.

Obwohl Chloe sich heute sehr gewünscht hatte, ihre beiden Mädchen bei sich zu haben, hatte Tante Eileen gestern Abend und erneut heute Morgen beim Kaffee vorgeschlagen, dass der übliche Alltag in der Schule und mit Freunden für Emmie besser wäre, als das kleine Mädchen zu Hause zu lassen. Kurz nach dem frühen Frühstück kam Allison mit Brittany vorbei, damit Sarah eine Spielkameradin hatte, anstatt sich die Überreste ihres Hauses ansehen zu müssen. Beide Frauen waren sehr überzeugend gewesen. Es war aber auch nicht viel Überzeugungsarbeit nötig gewesen. Chloe hatte sich den Großteil der Nacht darüber den Kopf zerbrochen, wie sie mit diesem Morgen umgehen sollte. Sie hatte sogar darüber nachgedacht, nicht am Rundgang teilzunehmen. Jetzt, wo sie vor dem verkohlten Haus stand, wünschte sie sich, sie hätte ebenfalls an dem Spieltermin teilgenommen.

Vorne sah es nicht so schlimm aus. Und einen Moment lang glaubte sie, der ganze Vorfall wäre nichts weiter als ein sehr böser Traum gewesen.

Dann waren sie ins Haus gegangen. Die einst cremefarbenen Wohnzimmerwände, beziehungsweise was von ihnen übrig war, hatten jetzt ein widerliches Grauschwarz angenommen. Als sie ihren Blick in den hinteren Teil des Raumes schweifen ließ, vorbei am Schatten ihres einstigen Weihnachtsbaums, und durch die verbrannten Träger in ihren Garten blickte, blieb ihr kurz die Luft im Hals stecken.

„Geht es dir gut?" Reeds beruhigende, tiefe Stimme erreichte sie, kurz bevor seine Hand ihren Rücken berührte.

Sie nickte. Wenn sie oft genug wiederholen würde, dass es ihr gut ginge, wäre es vielleicht auch so. „Mein Haus", murmelte sie. Sie wollte nicht einmal daran denken, dass sich dieses Chaos direkt unter dem Zimmer ihrer Töchter befand.

Sean Farraday und seine Söhne unterhielten sich inmitten der Überreste der Küche mit einem Mann, den Chloe nicht kannte. Höchstwahrscheinlich handelte es sich dabei um den befreundeten Architekten, der gestern nach dem Abendessen erwähnt worden war. Oder war er Ingenieur? War das wichtig?

Als sie an dem verkohlten Baum vorbeiging, stoppte sie plötzlich und blickte über ihre Schulter. „Oh."

Nur einen halben Schritt hinter ihr blieb auch Reed stehen.

Von hinten sah der Baum fast unberührt aus. Etwas durchnässt vom Löschen und an einigen Spitzen etwas versengt, aber im Großen und Ganzen lächelten die Ornamente fast auf sie herab. Langsam ging sie vorwärts und griff nach zwei ihrer Favoriten. Ein hübsches kleines rosa Schaukelpferd zur Erinnerung an Emmies erstes Weihnachtsfest und ein Messingstern für das von Sarah. „Sie haben überlebt."

„Manche Dinge überraschen mich immer wieder." Er griff nach einem weiteren ihrer Favoriten. Eine alte handbemalte Glocke in Rot, Grün und Blau. Sie hatte ihrer Großmutter gehört. Einer der wenigen Schätze, die sie an die Frau erinnerten, die sie großgezogen hatte. In diesem Moment hätten eine feste Umarmung und ein Stück von Nanas holländischem Apfelkuchen mit frischer Schlagsahne viel dazu beigetragen, ihren Tag etwas weniger schmerzhaft zu machen.

„Oh, da bist du." Sean Farraday klopfte dem Architekten auf die Schulter und ging auf Chloe am Baum zu. „Ziemlich erstaunlich, dass er noch steht."

Wenn man bedachte, dass alles andere nur Asche war, war *erstaunlich* eine Untertreibung. „Ja. Sehr."

„Obwohl der Großteil des Hauses so schlimm aussieht, wie die Rückseite des Baumes, sind die meisten strukturellen Stützstreben in ziemlich gutem Zustand", entgegnete Sean. Er zeigte nach oben. „Einige dieser Balken sind etwas zu stark verkohlt, sodass wir sie ersetzen müssen, aber bezüglich der Statik war es das auch schon."

Sie wagte es, sich durch die Küche zu ihrem Zimmer durchzuarbeiten.

„Es ist ziemlich durchnässt. Ich bezweifle, dass du irgendetwas von der Kleidung behalten willst. Wir planen, die gesamte Rigipsverkleidung inklusive Isolierung herauszureißen, um die Streben freizulegen. Wir wollen sicherzustellen, dass sie intakt sind, was wahrscheinlich der Fall ist, und austrocknen können, damit sich kein Schimmel bildet."

Chloes Gliedmaßen fühlten sich unglaublich schwer an. Als wären sie aus Granit und nicht aus Fleisch und Blut. Erst heute wurde ihr klar, dass ein feuchtes Haus einen ganz eigenen Geruch hatte. Ihre Finger strichen über den Schminktisch, der einst ihrer Großmutter gehört hatte. Sie wollte unbedingt das ganze Wasser aufwischen, doch im ganzen Haus würde sie kein trockenes Handtuch finden. „Ich sollte mir trockene Handtücher besorgen. Habt ihr irgendwelche Heizgebläse?" Sie war sich nicht sicher, wen sie fragte. Tief in ihrem Inneren wusste sie, dass ein Handtuch und ein Heizgebläse nicht ausreichen würden, um ihre Schätze zu retten, aber das waren die einzigen Worte, die ihr Mund formen konnte.

Reed legte seine Hand wieder auf ihren Rücken. „Ich habe ein paar Lumpen im Auto. Ich hole sie schnell. Den Tisch können wir in die Sonne stellen, während wir uns im Rest des Hauses umsehen."

Noch nie war sie einem Menschen so dankbar gewesen, dass er Lumpen in seinem Auto hatte. Die Vorstellung, etwas – irgendetwas – zu tun, reichte fast aus, um sie zum Lächeln zu bringen. Fast.

Reed rannte zur Tür hinaus, die Eingangstreppe hinunter und hinüber zu seinem Auto, als hinge das Leben aller von ein paar trockenen Lumpen ab. Er öffnete den Kofferraum, schnappte sich die Plastiktüte und drehte sich um. Als er die Treppe wieder erreichte, trugen Sean und Finn gerade das alte Möbelstück auf die Veranda.

„Es ist ein kühler Tag, aber die Sonne könnte trotzdem helfen", sagte Sean zu Chloe. Die Traurigkeit, die in ihren Augen lag, weckte jeglichen Beschützerinstinkt, den er in sich hatte, und den Gesichtsausdrücken der anderen Männer nach zu urteilen, auch ihren.

In den nächsten Stunden durchstöberten sie das Haus. Holten die wenigen Dinge auf die Veranda, die mit etwas frischer Luft und Trockenwischen vielleicht noch zu retten waren. Aber um ehrlich zu sein, war es nicht viel. Die Menge an Wasser, die zur Rettung des Hauses nötig gewesen war, hatte so ziemlich alles im Inneren ruiniert. Nichts aus Stoff war noch einen Rettungsversuch wert und die meisten Einrichtungsgegenstände waren unbrauchbar.

„Oh, schau." Der Anflug eines Lächelns huschte über Chloes Gesicht.

Er hatte keine Ahnung, was sie in dem Schrank gefunden hatte, aber er war dankbar für alles, was ihr ein Lächeln aufs Gesicht zaubern konnte.

„Sie sind trocken." Sie zeigte ihm eine alte Steppdecke. „Nana hat die gemacht. Ich habe sie für die Betten der Mädchen aufbewahrt, bis sie etwas älter sind."

„Sie sind wunderschön." Er war nicht gerade ein Experte für Steppdecken, aber die Farbkombination war hübsch und die Art und Weise, wie ihre Finger sanft darüberstrichen, ließ vermuten, dass der sentimentale Wert für Chloe nicht mit Gold aufzuwiegen war. Sein Blick wanderte zu dem Kunststoffbeutel auf dem Boden neben ihr und dann zu dem zweiten Beutel mit einer weiteren ähnlichen Decke darin.

„Ich habe sie in einem verschließbaren Beutel aufbewahrt, um sie vor Staub zu schützen. Vermutlich hat sie das auch vor dem Wasser geschützt." Chloe schüttelte den Kopf und seufzte. „Ich habe mir schon so lange gesagt, dass ich sie rausnehmen und verwenden soll. Zur Schau stellen. Genießen. Jetzt bin ich so froh, dass ich es nicht getan habe."

Ein Lächeln spiegelte seine Dankbarkeit für einen

weiteren aus dem Chaos geretteten Gegenstand wider. Das Traurige daran war, dass so wenig zu retten war, dass das Sortieren und Verpacken nur ein paar Stunden dauerte. Sean und Finn waren bereits zur Ranch zurückgekehrt. Sie wollten bereits anfangen alle Zahlen und Daten vorzubereiten, damit die Versicherungsgesellschaft schneller handeln konnte.

„Das letzte." Sie lächelte ihn an und reichte ihm vorsichtig die Schachtel mit den verpackten Weihnachtsornamenten. „Ich bin so froh, dass du daran gedacht hast, ein paar leere Kartons mitzubringen."

„Ich auch." Das war wahrscheinlich die einzig gute Idee gewesen, die ihm die ganze Nacht über eingefallen war. Allerdings erzählte er ihr nicht, wie viele Kartons noch zusammengefaltet in seinem Kofferraum lagen. Denn obwohl er in seinem Beruf schon genug Verwüstung miterlebt hatte, um es besser zu wissen, hatte er dennoch gehofft, dass es mehr zu retten gäbe.

„Die Frage ist jetzt, was wir damit machen?"

„Ich werde alles aufbewahren", bot Reed an.

„Ich möchte leine Umstände machen."

„Das sind keine Umstände. Die Kartons passen perfekt zu meiner aktuellen Einrichtung."

„Was?" Ihre Hände landeten in ihren Hüften und sie trat zurück. „Du hast immer noch nicht ausgepackt?"

„Nicht vollständig."

„Reed." Sie begann mit dem Fuß aufzutippen. „Du hast zuvor in einer Zwei-Zimmer-Wohnung gelebt. Wie viel kannst du da auspacken müssen?"

Er zuckte mit den Schultern.

„In Ordnung." Sie schüttelte den Kopf. „Befindet sich deine Küche noch in Kisten?"

„Nein. Es war eine kleine Küche."

Sie schüttelte immer noch den Kopf und kicherte. „Magst du immer noch Lasagne?"

Er nickte.

„Ich habe letzte Woche eine eingefroren. Sie ist wahrscheinlich nicht mehr wirklich gefroren. Was hältst du davon, dass wir sie zu Mittag essen, und vielleicht kann ich dir danach ein wenig von deiner Zeit zurückgeben und dir beim Auspacken einiger deiner Sachen helfen?"

„Das musst du nicht tun."

„Nein. Muss ich nicht." Ihr Gesichtsausdruck wurde weicher. „Aber ich würde es gerne tun."

„Danke."

„Nein. Ich danke dir. Für alles." Ihre Hand landete auf seinem Arm und für eine kurze Minute wanderten seine Gedanken zurück zu dem Abend, an dem sie sich kennengelernt hatten. Damals hatte er auch fast seine Zunge verschluckt. Sie war klug, lustig und schön. Und in dem Moment, als sie seinen Kumpel erblickte, sahen die beiden aus, als hätte man ihnen mit einem Kantholz einen Schlag auf den Kopf versetzt. Da wusste Reed sofort, dass er ein großartiges Mädchen an seinen besten Freund verloren hatte.

Vielleicht war ein gemütliches Mittagessen nicht die beste Idee, der er jemals zugestimmt hatte.

# KAPITEL FÜNF

Als Reed ihr angeboten hatte, ihre Sachen aufzubewahren, hatte Chloe nicht erwartet, dass ihr für ihre spärlichen Habseligkeiten ein ganzer Raum zur Verfügung stehen würde. Gemeinsam stapelten sie die wenigen Kisten ordentlich in einer Ecke, packten ihr übriges Essen in seinen Gefrierschrank und stellten die Lasagne zum Aufwärmen in den Ofen, bevor sie eine Tour durch seine neue Wohnung bekam. „Sag mir noch einmal, warum ich diesen Ort jetzt erst zum ersten Mal sehe?"

Reed zog die Augenbrauen hoch, unterdrückte achselzuckend ein Lächeln und legte den Kopf schief. Diese Geste verstärkte dieses verlorener-kleiner-Junge-Aussehen, das ihr vor so vielen Jahren aufgefallen war, nur noch mehr. Sie hatte es genossen, mit ihm zu reden, bis Pat nach einem Marathon-Billardspiel auftauchte und sie umhaute. Buchstäblich. Nun ja. Vielleicht eher umwarf. Bis heute war sie sich nicht sicher, was ihn zum Straucheln gebracht hatte, aber er war über seinen Kumpel gestolpert und hatte sie und sich taumelnd zu Boden geworfen, woraufhin sie so heftig hatte lachen müssen, dass sie sich fast in die Hose gepinkelt hatte. Es war Liebe auf den ersten Blick gewesen.

„Es tut mir leid, dass die Mädchen und ich nicht früher vorbeigekommen sind. Um dir einen Auflauf oder so zu bringen. Ich fürchte, das war sehr unnachbarschaftlich von mir."

„Denk nicht so viel darüber nach. Ich habe immer noch nicht alle Lebensmittel aufgegessen, die mir ganz Tuckers Bluff vorbeigebracht hat."

„Das würde erklären, warum ein Single einen fast vollen Gefrierschrank hat."

„Tut es."

Mit einer Hand an der Hüfte schaute sie sich im Wohnzimmer um und zeigte dann auf einen Stapel Kisten in einer Ecke. „Was ist in den Kisten da drüben?"

Wieder zog er auf diese süße, träge Art eine Schulter nach oben. „Weihnachtszeug."

„Zeug?"

„Die Große Schachtel ganz unten ist der Baum, die Kleinen oben sind Zeug."

„Zeug?"

„Du weißt schon. Schmuck, Ornamente. Diese Art von *Zeug*."

Ihr Blick suchte noch einmal den Raum ab. Er war spärlich dekoriert. Sie war sich nicht einmal sicher, ob das eine Poster von Joe DiMaggio, Babe Ruth und Lou Gehrig als Dekoration zählte, und doch hatte er Schachteln mit Weihnachtsschmuck.

„Meine Mutter hat sie mir gegeben."

Konnte er Gedanken lesen?

„Ihr Haus war ein Winterwunderland. Wie ein Uhrwerk begann sie jedes Jahr am Tag nach Halloween mit dem Dekorieren. Am Tag nach Thanksgiving wurden alle Lichter und Kerzen angemacht. Und alles blieb bis kurz vor dem Valentinstag."

Chloe nickte und wartete auf mehr.

„Als Mom und Dad nach Florida zogen, nahmen sie, was sie für ihre neue Eigentumswohnung brauchten, und teilten den Rest zwischen mir und meinen Geschwistern auf."

Jetzt ergab alles einen Sinn. Bis auf seinen

schmerzerfüllten        Gesichtsausdruck.        „Schlechte
Erinnerungen?“

„Was?“ Sein Gesicht verzog sich vor Verwirrung.

„Halloween und Thanksgiving sind vorbei und du hast noch nicht einmal das Klebeband von den Kartons entfernt.“

„Oh. Nein. Ich liebe Weihnachten. Ich habe einfach das Gefühl, ich hätte inzwischen normale Haushaltsgegenstände auspacken sollen. Weißt du, bevor ich mit dem Baum und den Girlanden und, nun ja, *dem Zeug* anfange. Ich bin nur froh, dass Mom nicht hier ist, um zu sehen, wie kahl dieser Ort aussieht.“

„Okay.“ Sie klatschte in die Hände.

„Okay?“

„Du hast mich gehört. Die Lasagne braucht noch mindestens dreißig Minuten. In dieser Zeit können wir ein paar Kisten abarbeiten. Wo fangen wir an?“

„Anfangen?“

„Warst du schon immer so begriffsstutzig?“

„Was?“ Überraschung rundete seine Augen.

„Egal.“ *Männer.* Sie kannte Reed schon seit vielen Jahren. Er war Pats Trauzeuge bei ihrer Hochzeit gewesen. Als Emmie geboren wurde, war er mit ihrem Mann im Einsatz und hatte ihm die ganze Nacht über Kaffee eingeflößt, bis sie hörten, dass es Mutter und Baby gut ging. Als sie Pat verlor, war er derjenige, der für sie da war, als sie dachte, sie würde es keine weitere Stunde mehr aushalten. Als Sarah geboren wurde, saß er nervös im Flur des Krankenhauses, bis der Arzt herauskam und verkündete, dass alles in Ordnung war.

Sie wusste, dass man von einem Mann nicht erwarten konnte, in ganzen Sätzen zu sprechen, wenn er nicht in seinem Element war, und ganz offensichtlich war es nicht sein Ding, sein eigenes Haus in Ordnung zu bringen. Sie drehte sich um und traf eine Entscheidung. Im Flur standen drei Kisten. Warum also nicht dort anfangen? „Komm. Wir räumen den Hindernisparcours aus dem Flur. Nicht, dass du noch mitten in der Nacht aufwachst und dir im Dunkeln das Genick brichst."

Er folgte ihr im Gleichschritt. „Ich glaube nicht, dass drei Kisten als Hindernisparcours zählen."

„Wenn du das sagst."

„Tue ich."

„Ich werde nichts Seltsames finden, oder?"

„Seltsames?"

Wieder eine Ein-Wort-Antwort. „Du weißt schon, wie Zeitschriften mit Mädchen."

Sie wusste nicht, was niedlicher war, das Erröten oder das stotternde Lachen. „Keine Zeitschriften mit Mädchen. Ich glaube, es handelt sich hauptsächlich um Handtücher und Bettwäsche und so."

„Ich werde nicht fragen, worauf du bis jetzt geschlafen hast."

„Es geht schneller, Bettwäsche zu waschen und zu trocknen, als sie auszupacken."

„Auf welchem Planeten?" Sie sah ihn über die Schulter an. „Egal. Beantworte das nicht."

Mit seinem Taschenmesser schlitzte er das Klebeband an einer Schachtel und dann an den nächsten beiden auf.

Der Inhalt der ersten Kiste bestand ausschließlich aus Handtüchern. Anstelle der nicht zusammenpassenden, vom College übriggebliebenen Junggesellenhandtücher, die sie erwartet hatte, entdeckte sie eine Handtuchserie in Blau- und Grautönen. „Die passen zusammen."

„Die in dem Blauton waren in meinem Badezimmer, die mit dem Grauton im Gästebad. Ich nehme an, jetzt gehen sie in das Badezimmer im Gang."

Ohne ihn anzusehen, begann sie, die Handtücher so zu falten, wie sie es mochte. Sie hatte bereits zwei fertiggestellt, als sie bemerkte, dass er seine nach ihrem Vorbild zusammenlegte. „Ist das in Ordnung?“

„Du wärst ein toller Marine geworden. Jeder Sergeant würde sich über so eine ordentliche Faltarbeit freuen.“

In wenigen Minuten hatten sie alle Handtücher gefaltet und ordentlich in den Wäscheschrank am Ende des Flurs gelegt. Die Laken waren nicht ganz so einfach. Er hatte ein Kingsize-Bett. Allerdings hatte sie keine Ahnung, warum ein einzelner Mann ein Bett brauchte, das groß genug für ein ganzes Platoon war.

Sie hielt zwei Ecken in einer Hand und reichte sie ihm. „Hilf mir bitte beim Falten.“

Von ihrer Seite aus machte sie die erste Faltung. Reed tat dasselbe vom anderen Ende aus, bis sie sich in der Mitte trafen. Als nächstes kamen die Spannbettlaken. Das erforderte etwas mehr Aufwand. „Hast du jemals über ein kleineres Bett nachgedacht? Die Laken lassen sich viel einfacher falten.“

„Das muss nicht so ordentlich sein.“ Er ließ seine Fäuste in die beiden Ecken gleiten und ging auf sie zu. „Niemand wird eine Inspektion des Wäscheschranks vornehmen.“

„Es geht ums Prinzip“, beharrte sie, ließ die Ecken noch einmal auf ihre Hand gleiten und kam näher auf ihn zu. „Alles, was ich tun muss, ist, meine Seite über deine zu schieben.“

Ihre Arme stießen aneinander. Sie legte die Ecken übereinander und schloss ihre Hände um seine. Nur getrennt durch mehrere Schichten Stoff, hob sie den Kopf, um ihm in die Augen zu blicken. Völlig regungslos stand er da, die Hände unter dem Laken verborgen. Er wich nicht zurück, kam aber auch nicht näher. Er starrte ihr einfach nur in die Augen. Zum zweiten Mal am heutigen Tag fiel ihr das Atmen schwer.

Sie sollte einen Schritt zurücktreten, weggehen und ihn sein Laken fertig falten lassen, aber sie konnte ihren Blick nicht von seinen Augen abwenden. „Fast fertig."

„Ja." Er nickte, bewegte sich aber nicht.

Genauso wenig wie sie. Sie wollte es nicht. Wollte ihre Hände nicht wegnehmen. Wollte die Verbindung nicht unterbrechen. Und sie verstand nicht, warum. Aber als sie so mitten im Flur stand und ein halbgefaltetes Kingsize-Bettlaken zusammen mit ihrem Gegenüber zusammenlegte, fühlte sie sich so friedlich wie seit schrecklich langer Zeit nicht mehr. Wieso zum Teufel sollte sie also etwas dagegen unternehmen?

So wie er gerade im Flur stand und Chloe wie ein Reh im Scheinwerferlicht anstarrte, musste er wie ein Idiot aussehen. Er zwang sich, einen Schritt zurückzutreten und seine Hände unter ihren hervorzuziehen, um die letzten beiden Ecken des Lakens zusammenzulegen. „Ich werde das in den Schrank legen."

„Ja", murmelte sie und trat langsam zurück. „Ich denke, ich sehe besser nach der Lasagne."

*Gut gemacht, Taylor.* Die Frau war wahrscheinlich nach gestern und heute Morgen schon verstört genug. Sie brauchte nicht auch noch, dass er sich wie ein unbeholfener Teenager benahm. Er schnappte sich das übrige Spannbettlaken, faltete es halbherzig und schob es in den Schrank unter die anderen. Er hoffte, sie würde keine Inspektion durchführen, denn er konnte sich nicht dazu durchringen, noch einmal so engen Kontakt mit ihr aufzunehmen. Nicht heute.

Er schnappte sich die leere Kiste, riss sie auseinander, faltete sie flach zusammen und ging dann in die Küche. „Wow, das riecht fantastisch."

„Sie ist innen noch etwas kalt. Aber ein paar Minuten mehr sollten reichen."

„Hört sich gut an." Er ging zum Kühlschrank. „Möchtest du etwas Kaltes zu trinken?"

„Nur Wasser für mich, danke."

„Dann Wasser." Er schnappte sich eine Flasche Wasser für sie und eine mexikanische Cola mit Rohrzucker für sich.

„Oh. So eine hatte ich schon seit Ewigkeiten nicht mehr."

„Es ist noch nicht zu spät, deine Meinung zu ändern." Er liebte die Art, wie sie an ihrer Unterlippe knabberte, wenn sie über etwas nachdachte, das sie wirklich tun wollte. Das tat sie schon, seit er sie kannte.

„Man lebt nur einmal, oder?"

Er unterdrückte ein Lachen. „Ich nehme an, das ist ein Ja?"

„Ja, bitte."

„Eine mexikanische Cola, kommt sofort." Mit dem altmodischen Öffner, der an einer Seite unter der Spüle angeschraubt war, öffnete er die Deckel.

Sie nahm die Flasche entgegen, folgte ihm ins Wohnzimmer und ließ sich, ein Bein unter das andere gelegt, in den großen Sessel fallen. Den Kopf leicht nach hinten geneigt, nahm sie langsam einen langen Schluck. „Oh, das schmeckt so gut", gab sie stöhnend von sich.

Seine Gedanken wanderten in hundert verschiedene Richtungen, von denen keine unter den gegebenen Umständen auch nur annähernd angemessen war. Anstatt etwas Dummes zu sagen, nahm er selbst einen großen Schluck.

„Erinnerst du dich an die Zeit, als du beschlossen hast, in unserem Hinterhof Steine für eine gepflasterte Terrasse zu verlegen?" Anstatt ihn anzusehen, blieb ihr Blick auf die Flasche in ihrer Hand gerichtet.

Er erinnerte sich gut an jenen Tag. Die Erinnerung brachte ihn zum Lachen. „Das tue ich. Wie kommt es, dass dir das gerade jetzt wieder einfällt?“

„Ich schätze, es liegt an der Art, wie du deine Flasche kippst. Etwas daran erinnert mich an diesen Tag. Außer dass ihr damals Corona getrunken habt, keine Cola.“

„Soweit ich mich erinnere, war es ein sehr heißer Tag.“

„War es.“ Sie nickte. „Aber irgendwie habe ich den Überblick verloren, wie viel ihr getrunken habt, bevor ihr die Terrasse fertiggestellt habt.“

„Es war eine gute, solide Terrasse.“

Sie schüttelte den Kopf. „Sie mag solide gewesen sein, aber sie war nicht wirklich rechteckig. Auf der einen Seite schmal, auf der anderen Seite breiter. Wären die Ziegel gelb statt rot gewesen, hätte sie an die gelbe Backsteinstraße aus *Der Zauberer von Oz* erinnert.“

Sie könnte etwas aus dem Lot geraten sein. „So schlimm war es nicht. Außerdem haben wir sie doch repariert, nicht wahr?“

„Du hast das. Und sie ist wunderschön.“ Sie kippte ihm ihre Flasche entgegen. „Das zeigt nur, wie anders sich die Dinge entwickeln, wenn man mit dem Ausschenken des Bieres wartet, bis man fertig ist.“

„Zur Kenntnis genommen.“

Ein nostalgisches Glitzern blieb in ihren Augen. Sie beugte sich vor und stellte die Flasche auf den Tisch. „Du bist ein gutaussehender Kerl. Warum hat dich noch kein nettes Mädchen an Land gezogen?“

Wie sollte er darauf antworten? „Ich schätze, ich habe einfach nicht viel Zeit, um Kontakte zu knüpfen.“

Stirnrunzelnd lehnte sie sich in ihren Sessel zurück. Sie nahm noch einen Schluck, neigte ihren Kopf nach links und dann nach rechts und kniff die Augen zusammen, bevor sie ihren Hals streckte.

Wahrscheinlich hätte er genau dort bleiben sollen, wo er war. In sicherer Entfernung auf dem Sofa. Aber er konnte ihr leicht angespanntes Gesicht nicht ignorieren. Langsam trat er hinter sie, legte seine Finger sanft auf die Biegung ihres Halses und fand sofort die verspannten Stellen, die sich durch kein noch so großes Drehen oder Dehnen lösen ließen.

„Oh, das fühlt sich wirklich gut an." Ihr Kopf fiel nach vorne und sie schnurrte fast. „Wirklich gut."

„Du hast wirklich verspannte Muskeln."

„Die letzten Tage waren wirklich hart."

Das waren sie.

Mit geöffneten Augen reckte sie den Hals, um ihn kurz über ihre Schulter anzusehen. „Warst du jemals verliebt?"

Verliebt? Wie zum Teufel waren sie von der gelben Backsteinstraße auf sein Liebesleben gekommen? Es dauerte ein paar Sekunden, bis er eine akzeptable, aber ehrliche Antwort gefunden hatte. „Nicht wirklich."

Ihr Kopf entspannte sich wieder unter seiner Massage und sie legte ihr Kinn an ihre Brust. „Was ist der Unterschied zwischen nein und nicht wirklich?"

Wann hatte er die Kontrolle über dieses Gespräch verloren? „Ich schätze, es gab einmal ein Mädchen, in das ich mich hätte verlieben können."

„Hätte können? Was ist passiert?"

„Sie hat jemand anderen geheiratet."

# KAPITEL SECHS

In den Tagen, die seit dem Brand vergangen waren, war Chloe klar geworden, dass man zu mehreren sicherer war. Als Pat unerwartet gestorben war, hatte die Stadt ihr Bestes getan, ihr Halt zu geben, und sie hatte ihr Bestes getan, um sie auf Abstand zu halten. Es hatte ein leichtes Hin und Her gegeben, bis sie schließlich ihren Frieden miteinander gefunden hatten. Diesmal war klar, dass es kein Hin und Her geben würde. Die Farradays hatten sich bereits Hals über Kopf in ihre Probleme gestürzt und nichts, was sie tun oder sagen könnte, würde daran etwas ändern. Und zum ersten Mal seit langem war sie froh über diese Hilfe.

Vom Wohnzimmer aus drang das Kichern in die Küche. In weniger als einer Woche waren Stacey und Emmie zu besten Freundinnen geworden. Sie fuhren zusammen zur Schule, machten gemeinsam Hausaufgaben, spielten gemeinsam in den Scheunen und heute Abend würde ihre ältere Tochter zum ersten Mal bei Stacey übernachten.

Vor dieser Woche kannte sie Stacey Farraday, die Tochter von Connor und Catherine Farraday, nur flüchtig. Sie hatte das kleine Mädchen ein paar Mal in Emmies Klasse gesehen, hatte aber keine Gelegenheit gehabt, sie wirklich kennenzulernen. Was für einen Unterschied ein paar Tage machen konnten.

„Die Arbeiten an deinem Haus beginnen gleich am

Montagmorgen." Sean Farraday schenkte sich ein Glas Milch ein.

Die Aussicht, dass ihr Haus wieder aufgebaut werden würde, wäre eigentlich Grund genug gewesen, Chloe zum Tanzen zu bringen, doch sie hatte noch keine Antwort von der Versicherungsgesellschaft erhalten. „Ich verstehe nicht."

„Es zahlt sich aus, Freunde in wichtigen Positionen zu haben", neckte Eileen, lehnte sich an ihren Mann und drückte ihm einen kleinen Kuss auf die Wange. „Oder zumindest Freunde mit noch mehr Freunden."

Trotz ihrer Natur, für sich und ihre Mädchen zu bleiben, hatte sie die Farradays bereits sehr liebgewonnen. Das Scherzen, das Witzeln, aber vor allem die aufrichtige Zuneigung, die die Farradays selbst Fremden entgegenbrachten. Doch sie tat sich immer noch etwas schwer, einige der Insider-Witze oder das, was oft wie gutes, altmodisches Gedankenlesen erschien, zu interpretieren. Besonders zwischen Eileen und Sean.

Weshalb sie immer noch keine Ahnung hatte, wovon Sean sprach.

„Was meine Frau meint", Sean hielt lange genug inne, um seiner Frau zuzuzwinkern, „ist, dass mehrere wichtige Lieferanten zugestimmt haben, dass wir jetzt loslegen können und erst bezahlen müssen, wenn die Versicherungssumme eintrifft. Irgendwann morgen sollte der Müllcontainer geliefert werden, damit wir anfangen können, wegzuwerfen, was nicht repariert werden kann."

„Onkie!" Sarahs aufgeregter Schrei unterbrach das Gespräch. So gerne Sarah auch plauderte, die Worte *Onkel Reed* beherrschte sie noch nicht ganz. Seit sie sprechen konnte, war Reed für Sarah immer nur *Onkie* gewesen.

In der Küche herrschte Stille, bis Reed mit einem

grinsenden Kleinkind im Arm die Schwelle überschritt. „Abend.“

„Schatz, du kannst nicht dauernd an Onkel Reed hängen.“

In dem Moment, in dem die Worte aus Chloes Mund kamen, wurde der Griff ihrer Tochter um Reeds Hals fester. Ihre Körpersprache schrie: *Oh doch, das kann ich.*

Sanft klopfte Reed der jungen Sarah auf die Schulter. „Ich habe gehört, dass die großen Mädchen sich fertigmachen, um in den Stall zu gehen und Onkel Adam bei dem neuen Fohlen zu helfen.“

Chloe hatte keine Ahnung, ob es die Aussicht war, als eines der großen Mädchen angesehen zu werden oder das kleine Pferd im Stall besuchen zu dürfen, aber ihre Tochter löste ihren erdrückenden Griff um Reed und setzte ein entzücktes Lächeln auf.

„Du auch“, murmelte Sarah leise

Reed blickte Chloe sanft an, und sie erkannte deutlich seine stille Bitte, sich um ihr kleines Mädchen kümmern zu dürfen. Höchstwahrscheinlich gab es keine Frau auf dem Planeten, die seinem Charme widerstehen konnte. Und sie bezweifelte, dass irgendeine Mutter ihrer Tochter nicht die Chance gönnen würde, mehr Zeit mit einem so fürsorglichen Mann zu verbringen, und natürlich auch mit einem neugeborenen Fohlen.

„Wenn es Onkel Reed nichts ausmacht, ist es für mich in Ordnung.“ Außerdem gefiel ihr die Vorstellung nicht, dass die Kinder allein in der Scheune waren, während Adam arbeitete. Natürlich gingen alle Faraday-Männer verantwortungsbewusst und vorsichtig mit Kindern um, aber es konnte immer zu Ablenkungen kommen. Deshalb fühlte sie sich einfach besser, wenn sie wusste, dass ein weiterer Erwachsener anwesend sein würde.

„Möchtest du mitkommen, Mama?", fragte Reed.

„Ja", fügte Eileen hinzu. „Du solltest dir das Fohlen unbedingt ansehen."

„Oh." Sie sah zu Sean. „Ich nehme an, wir können dieses Gespräch später beenden?"

„Gespräch?" Reed blickte von einer Person zur nächsten.

Sean nickte. „Ich habe Chloe gerade erzählt, dass wir für den Beginn der Abrissarbeiten am Montagmorgen einen Müllcontainer geliefert bekommen. Und natürlich hat Chase zugestimmt, die Zahlung der Lieferungen aus dem Futtermittelgeschäft aufzuschieben, bis die Versicherungsgesellschaft das Geld freigibt."

Chloe war sich nicht sicher, ob sie den Kopf schütteln, mit den Füßen aufstampfen oder einfach lauthals *Nein* sagen sollte. Unter keinen Umständen würde sie zulassen, dass Arbeiten an ihrem Haus durchgeführt würden, bevor sie nicht genau wusste, wie viel Geld von der Versicherung sie zur Verfügung hatte. Zwar genoss sie die Zeit bei den Farradays sehr, aber andererseits war die Idee, schon bald wieder in ihrem eigenen Zuhause zu sein, um Weihnachten nur mit ihren Mädchen zu feiern, mehr als verlockend. Oder doch nicht? Noch einmal blickte sie durch die Küche und sah die Vorfreude im Gesicht ihrer kleinen Tochter. Blickte in die Gesichter der Menschen, die fröhlich herumwuselten und Licht ins Dunkel brachten. Sah die Menschen, die sie aufgenommen hatten, als gehörte sie zur Familie. Die selbst jetzt, während sie miteinander sprachen, Pläne schmiedeten, ihr Zuhause wieder in Ordnung zu bringen, und noch schöner zu machen als zuvor. Vielleicht war ein bisschen zusätzliches Chaos an Weihnachten doch gar nicht so schlimm?

„Warum geht ihr nicht alle mit den Mädchen mit?"

Sean zeigte mit dem Kinn zur Hintertür. „Aktuell muss nichts entschieden werden."

Fünf Minuten später, während Sarah sich immer noch an Reed klammerte, folgte die Truppe Adam, wie Entenküken, die ihrer Mutter hinterherwatschelten, zur Scheune.

Chloe beugte sich näher zu Reed. „Ich dachte, Tierbabys würden im Frühling geboren?"

Reed nickte. „Das ist richtig. Aber die Farradays haben zwei Saisonen für Kälber und Fohlen. Frühling und jetzt."

„Oh, ich verstehe."

So anhänglich Sarah gegenüber Reed auch gewesen war, als sie das kleine Fohlen erblickte, kletterte sie aus seinen Armen und beeilte sich, um mit ihrer älteren Schwester Schritt zu halten. Vielleicht würden sich manche Dinge nie ändern.

Reed kicherte. „So viel zum Klammern."

„Versuch, es nicht persönlich zu nehmen. Ich wurde schon für viel weniger als ein Pony sitzengelassen."

„Ich werde mir das merken."

Jeder konnte sehen, dass die Farradays Weihnachten liebten. Eigentlich liebte die ganze Stadt Tuckers Bluff Weihnachten. Seit Thanksgiving erklang auf der Main Street Weihnachtsmusik aus Lautsprechern, die überall an der Straße aufgehängt worden waren. Ein lebendiges Krippenspiel mit echten Kamelen und Eseln, die bereits wochenlang Menschen aus allen Nachbarstädten anzog, schmückte ein Ende der Main Street, während der riesige Weihnachtsbaum stolz das andere Ende zierte. Menschen in Kostümen aus der Zeit von Charles Dickens schlenderten durch die Straßen und sangen traditionelle Weihnachtslieder, um Besucher und Einheimische gleichermaßen zu unterhalten. Eine ihrer Lieblingsveranstaltungen war die alljährliche Heiligabendparade, bei der Wagen mit Musikkapellen, Elfen und Schneemännern, gefolgt vom Weihnachtsmann in seinem Schlitten die belebte Hauptstraße entlangzogen. Natürlich gab es zu all dem in der ganzen Stadt auch noch genügend Dekorationen und Lichter, um Disney-Land zu überbieten. Und die Ranch der Farradays stand dem in nichts nach. Es hätte sie also nicht überraschen sollen, dass sogar das Innere der Scheune mit bunten Lichterketten geschmückt war, und Girlanden und Schleifen jede Stalltür zierten.

Adam hatte den Mädchen eine detaillierte Liste mit grundlegenden Anweisungen gegeben, wie sie sich in der Nähe der Pferde verhalten sollten. Das Wichtigste auf der Liste war, darauf zu achten, wo sie standen. Chloe sah an der Art und Weise, wie Sarah die Anweisungen befolgte und auf jeden ihrer Schritte achtete, dass ihr Baby heranwuchs. Aber sie war sich nicht sicher, ob ihr das gefiel.

„Oh, Mommy, schau mal." Emmie stand neben Adam und dem Fohlen und zeigte nach oben.

Als sie dem Finger ihrer Tochter folgte, dauerte es nur eine Sekunde, bis sie den speziellen Schmuck über dem Pferd erkannte.

„Das ist Mrs. Zweig."

Chloe unterdrückte ein Grinsen angesichts der Verwechslung ihrer Tochter.

„Tante Eileen sagt, wenn du unter Mrs. Zweig stehst, muss du denjenigen küssen, der neben dir steht." Emmie schlang ihre Arme um das Fohlen und drückte ihm einen kräftigen Kuss auf den Kiefer. Irgendwie glaubte Chloe nicht, dass Tante Eileen das im Sinn hatte, als sie den Mädchen den Brauch des Mistelzweigs erklärte, aber das war definitiv einer dieser fotowürdigen Momente, in denen sie wünschte, sie hätte ihr Telefon nicht im Haus gelassen.

„Du bist dran, Mommy." Emmie zeigte auf Chloe.

Zuerst dachte sie, ihre Tochter wollte, dass auch sie das Pferd umarmte, aber dann wurde ihr klar, dass Emmies Aufmerksamkeit auf etwas über ihr gerichtet war. Als sie den Kopf in den Nacken legte, entdeckte sie weitere Mistelzweige. Wer zum Teufel füllte eine ganze Scheune mit Mistelzweigen? Das Zeug war überall. Und der, auf den ihre Tochter zeigte, hing direkt über ihr und Reed.

Als sie ihren Blick von dem sie verspottenden Zweig abwandte, trafen ihre Augen auf die von Reed, die langsam von dem Mistelzweig zu ihrem Gesicht wanderten. Sie wusste nicht, wer angesichts der plötzlichen Entdeckung panischer aussah, sie oder er.

„Du musst ihn küssen, Mommy."

Ja, ja, das musste sie, denn wenn sie so einen Wirbel machte, würde das wahrscheinlich nur mehr Aufmerksamkeit darauf lenken, wie nervös sie der Gedanke machte, Reed zu küssen, selbst wenn es nur ein keuscher Kuss unter dem Mistelzweig war.

Reed musste zum gleichen Schluss gekommen sein, denn Sekunden bevor er sein Kinn senkte und einen sehr kurzen und sehr keuschen Kuss auf ihre Lippen drückte, zog ein dünnes Lächeln eine Seite seines Mundes zu einem amüsierten Grinsen nach oben. Sie widerstand dem Drang, ihre Hand zu ihren Lippen zu heben, trat einen Schritt zurück und beschloss, dass sie vorsichtiger sein und viel besser darauf achten musste, wo sich all die Zweige befanden.

In all den Jahren, seit er sie kannte, hatte er die Frau seines besten Freundes mehr als nur ein oder zwei Mal umarmt. Ab und zu gab er ihr sogar einen freundschaftlichen Kuss auf die Wange. Normale Interaktionen, die das Leben in einer geselligen Kleinstadt mit sich brachte. Aber irgendwie hatten sie sich noch nie unter einem Mistelzweig befunden, und selbst wenn, wäre eine keusche Berührung der Lippen der Frau seines Kumpels keine große Sache gewesen. Warum fühlte es sich also heute wie eine so große Sache an?

Weil er zu viel darüber nachdachte. Was war schon dabei, wenn die kurze Berührung ihrer Lippen immer noch nachkribbelte? In letzter Zeit dachte er über fast alles viel zu viel nach. Wie zum Beispiel, wie es dazu kam, dass er von einem Freund der Familie, über den die kleine Sarah nie viel machgedacht hatte, zu einem Mann wurde, an dessen Schulter dieses süße Kleinkind nun tief und fest schlief? Er war sich sicher, dass es etwas mit der Angst und dem Feuer und seinem plötzlichen Auftauchen zu tun haben musste, und er hoffte, dass ihr nichts davon dauerhafte Alpträume bereiten würde.

Mit einem langen, langsamen Atemzug strichen seine Finger sanft über Sarahs feines Haar. Wenn er nur in der Zeit zurückgehen und darauf bestehen könnte, die kaputte Heizung auszutauschen.

„Möchtest du noch etwas Kaffee?" Mit leiser Stimme und einer Kanne in der Hand stand Tante Eileen lächelnd neben ihm.

„Das wäre nett." Er verlagerte leicht sein Gewicht, achtete darauf, Sarah nicht zu wecken und ergriff dann die Tasse neben sich.

„Schwarz, oder?"

Er nickte.

Mit dem Rücken zu den anderen im Raum füllte sie seine Tasse auf und beugte sich dann vor. „Sie sind immer so süß, wenn sie schlafen. Geht es noch?"

„Sie ist nicht schwer."

Tante Eileen richtete sich auf. Sie starrte das schlafende Kind an, presste die Lippen zusammen und schüttelte leicht den Kopf. „Du warst ein echter Segen für diese Familie."

Er hätte wahrscheinlich mehr tun sollen. Seit Pats Tod hatte er getan, was er konnte. War für Chloe ein so guter Freund gewesen, wie sie es zuließ. Doch trotzdem kam er nicht umhin, daran zu denken, dass er sich hätte noch mehr anstrengen sollen. „Ich weiß nicht. Du hast die ganze harte Arbeit geleistet. Hast dein Zuhause für Chloe und die Mädchen geöffnet, ihnen das Gefühl gegeben, Teil der Familie zu sein. Du bekochst alle jeden Abend, einschließlich mich –"

„Du gehörst dazu", sagte sie energisch. „Du gehörst auch zur Familie."

Als ihre eigenen Neffen in den letzten Jahren einer nach dem anderen geheiratet hatten und ausgezogen waren und seine Eltern in Florida lebten, war Tante Eileen immer bedacht darauf gewesen, ihn in große Familientreffen und das wöchentliche Sonntagsessen einzubeziehen. Unter normalen Umständen hätte er sich nicht an jedem Abend der Woche aufgedrängt, aber er machte sich um die Mädchen und Chloe wegen der Nachwirkungen des Feuers Sorgen. Wenn ihn Tante Eileen also jeden Tag zum Abendessen einlud, würde er einem geschenkten Gaul nicht ins Maul schauen. Und auch wenn er nicht viel tun konnte, nur zu sehen, dass es ihnen größtenteils gut ging, trug erheblich zu seinem Seelenfrieden bei. Allerdings würde er sich erst dann ganz wohl fühlen, wenn alle in ihrem eigenen Zuhause waren und das Leben wieder seinen normalen Weg ging.

Vor einer Weile war Chloe gegangen, um Emmie und Stacey für ihre Pyjamaparty zu Connor zu bringen. Sarah hatte sich geweigert, von seiner Seite zu weichen, und bevor er sich versehen hatte, schlief sie tief und fest, während Chloe auf dem Weg nach nebenan war. Nicht, dass es ihm etwas ausmachte.

Sarah war immer ein Mamakind gewesen. Als wäre sie an Chloes Hüfte befestigt. Aber seit dem Brand schien sie auf ihn fixiert zu sein. Er hoffte, dass etwas so Einfaches wie die Rückkehr in ihr eigenes Zuhause die Lösung für all seine Bedenken sein würde.

Sean Farraday grinste vom Sofa in der Nähe auf das schlafende Kleinkind herab. „Ich könnte schwören, dass es erst gestern war, als Grace in diesem Alter war."

„Sie werden wirklich schnell erwachsen." Finn kam ins Wohnzimmer.

Sein Vater blickte ihn stirnrunzelnd an. „Woher willst du das wissen?"

„Hey, wir waren alle dabei, als Brittany und Helen größer wurden. Ich könnte schwören, dass sie gestern noch kleine Babys waren, die wir nicht in den Arm nehmen wollten, weil wir Angst hatten, wir könnten sie zerbrechen. Jetzt laufen sie fast so schnell wie ich."

„Leichte Übertreibung", warf Sean ein.

„Nicht wirklich." Mit einer Tasse Tee betrat Tante Eileen das Zimmer. „Es ist Zeit für weitere Babys im Haus."

„Versuchst du mir etwas zu sagen?", neckte Sean seine Frau.

Tante Eileens einzige Antwort bestand darin, die Augen zu verdrehen und *Männer* zu murmeln.

„Sie hat recht." Finn ließ sich in den leeren Sessel sinken.

„Siehst du." Tante Eileen ließ ein zahniges Grinsen aufblitzen und Reed unterdrückte ein Lächeln. Er liebte diese verrückte Familie.

„Jedenfalls." Finn beugte sich vor. „Ich habe mir die Wettervorhersage der nächsten Wochen angesehen. Ich denke, wir müssen mit dem Dach beginnen, es sei denn, wir wollen, dass das Haus erneut unter Wasser steht."

„Ich habe das gleiche gedacht." Sean Farraday stand auf und fuhr sich mit der Hand über den Nacken. „Ich habe darüber nachgedacht. Ich denke, es ist Zeit, Patrick anzurufen."

„Vielleicht kann Onkel Patrick es einrichten, wenn er Tante Mariah nicht sagt, dass er nach Tuckers Bluff kommt."

„Ich schwöre", schnaubte Tante Eileen, „diese Frau weiß wirklich, wie man aus einer Mücke einen Elefanten macht. Es ist fast zwanzig Jahre her."

„Es hätte genauso gut gestern sein können." Sean legte den Kopf zurück, bevor er sich umdrehte und seine Familie ansah. „Aber das ist wichtig. Zu dieser Jahreszeit ist es fast unmöglich ein Dachdeckerteam zu bekommen, und ich denke, es ist wichtig, dass die Kleinen rechtzeitig zu Weihnachten in ihr Zuhause zurückkehren können."

Zwei Dinge gingen Reed durch den Kopf. Erstens: Vielleicht könnte er mit ein wenig Hilfe von Google beim Dach helfen. Und zweitens: Wer zum Teufel war Onkel Patrick?

# KAPITEL SIEBEN

„Wie läuft es?" Ruth warf ein Stück Wandvertäfelung in eine Schubkarre. Um die Vorbereitungsarbeiten zu beschleunigen, half jeder, der sich den Tag frei nehmen konnte. Der Ladies-Club war für die Mädchenzimmer verantwortlich.

Eileen riss ein Teil einer anderen Wand heraus und schüttelte den Kopf. „Nicht so gut. Ich dachte, nach all der Zeit wäre es einfacher."

„Der Mistelzweig hat nicht funktioniert?", fragte Dorothy.

„Hängt davon ab, wie man es betrachtet. Laut Emmie küssten sie sich in der Scheune. Aber seitdem habe ich es nicht mehr geschafft, sie wieder in die Scheune zu bringen."

Sally May warf ein verkohltes Holzstück auf einen Stapel. „Was ist mit dem Haus?"

„Sean sind fast die Augen aus dem Kopf gesprungen, als er die ganzen Mistelzweige gesehen hat, mit denen wir die Scheune geschmückt haben. Er lässt mich auf keinen Fall auch nur einen Zweig im Haus aufhängen."

Ruth zog an einem weiteren Stück Wandvertäfelung und stolperte rückwärts. „Vielleicht sollten wir der Natur einfach ihren Lauf lassen. Schließlich hat das bei allen anderen in der Familie gut geklappt."

„Ich mache mir keine Sorgen um den Lauf der

Natur, sondern um den Zeitplan der Natur." Für Eileen bestätigte das Auftauchen des Hundes, was sie schon seit über einem Jahr vermutet hatte.

Dorothy trat einen Schritt zurück und stemmte ihre Hände in die Hüften. „Vielleicht brauchen sie keine Hilfe. Was sie brauchen, ist Zeit allein."

Nachdenklich blinzelte Ruth und musterte Dorothy. „Weißt du, sie hat recht. Denk darüber nach. Wann hat eine alleinerziehende Mutter von zwei Kindern jemals viel Zeit für sich?"

„Das kannst du laut sagen", stimmte Dorothy zu.

Sally May nickte. „Sie hat recht."

„Natürlich habe ich recht. Wenn Chloe nie Zeit für sich alleine hat, wie sollen Chloe und Reed dann Zeit füreinander haben?"

Als wäre über den Köpfen aller eine Glühbirne angegangen, wusste Eileen, dass Ruth und Dorothy den Nagel auf den Kopf getroffen hatten. „Was wir also brauchen, ist etwas ungestörte Zeit für die beiden."

„Oder zumindest eine Auszeit von wachsamen Augen", sagte Dorothy.

Sally May unterdrückte ein Lachen. „Als ob das in Tuckers Bluff passieren würde."

„Okay", räumte Eileen ein. „Vielleicht nicht *allein* allein. Vielleicht brauchen wir nur ein *irgendwie allein*."

„Irgendwie allein?", hallte es von mehreren Frauenstimmen wider.

Lächelnd nickte Eileen. „Ja, und ich weiß genau, wo ich damit anfange."

„Es war wirklich nett von Allison und Hannah, Sarah einzuladen, heute Nachmittag mit den großen Mädchen den Reiterhof zu besuchen.“

„Ich weiß, dass Hannah nichts mehr liebt als Kinder und Pferde. Und sie liebt es, die Kleinen zu unterrichten, bevor sie Furcht erlernen.“

„Nun, es passt perfekt, da Jamie vorgeschlagen hat, dass wir uns heute Nachmittag auf seinem Dachboden umsehen können. Ich habe mir ein wenig Sorgen gemacht, wie es weitergehen soll. Wir haben so viel verloren.“

Reed biss auf seine Backenzähne und lächelte dann. „Jetzt kann es nur besser werden.“

„Das sage ich mir auch immer wieder. Deshalb bin ich den Farradays so dankbar.“ Nicht, dass Chloe hätte überrascht sein sollen. Ob in den Clan hineingeboren oder eingeheiratet, die Farradays schienen sich immer gegenseitig zu unterstützen. Und offenbar gehörten sie und ihre Töchter, solange sie in Eileens Haus lebten, zur Familie und hatten viele Menschen, die sich um sie kümmerten.

Reed fuhr auf den Parkplatz des Pubs. „Es schadet nicht, dass Sarah Pferde sehr zu mögen scheint.“

„Ich weiß!“ Chloe drehte sich auf ihrem Sitz zu ihm um. „Ich war nicht überrascht, dass sie wegen des neugeborenen Pferdes aufgeregt war, aber ich dachte, sie hätte Angst vor den großen.“

„Nein.“ Reed kicherte. „Ob es dir gefällt oder nicht, du hast wohl eine Reiterin als Tochter.“

Chloe blickte wieder nach vorne und schüttelte den Kopf. „Ich habe keine Ahnung, woher sie das hat. Ich meine, ich habe keine Angst vor Pferden, aber ich bin ein Stadtmädchen. Und obwohl Pat ein gebürtiger Texaner war, glaube ich nicht, dass ein Vorort von Dallas als Pferdeland gilt.“

Mit immer noch amüsiertem Gesicht öffnete Reed seinen Sicherheitsgurt und blickte sie an. „Vielleicht liegt es am Wasser.“

Es war schön zu lachen. Sie hatte in den letzten Tagen, Wochen oder Monaten nicht viel gelacht, aber wenn doch, hatte Reed meistens etwas damit zu tun gehabt. „Vielleicht."

Im O'Farraedeigh's saß Jamie an der Bar vor seinem Laptop. Als das Tageslicht von der Tür in seine Richtung schien, blickte er zu ihnen auf. „Hallo. Schön, dass ihr es geschafft habt."

„Es ist sehr großzügig von dir, mir anzubieten, mich auf deinem Dachboden umzusehen."

„Als ich das Haus gekauft habe, wollte ich nur das Gebäude. Der ganze Kram, der oben gelagert wurde, war ein unerwarteter Bonus. Abbie und ich haben die Sachen herausgesucht, die wir selbst verwenden wollten, aber ich bringe es einfach nicht übers Herz, den Rest wegzuwerfen. Du tust mir also einen Gefallen, indem du mir einiges von diesem Zeug abnimmst." Kichernd stand er auf. „Verdammt, das Beste, was du für mich tun kannst, ist, mir alles abzunehmen."

Alles zu nehmen, könnte etwas viel sein. Ihr Haus war für sie und ihre Kinder völlig ausreichend, aber es war nicht riesig. Höflich lächelnd folgten sie und Reed Jamie nach hinten.

„Passt auf wo ihr hintretet. Ich hatte noch keine Gelegenheit, die Lieferungen von gestern zu sortieren." Jamie blieb am Fuß der Treppe stehen. „Es ist alles da oben. Der Dachbodenbereich reicht bis zur Rückseite des Gebäudes. Wenn etwas im Weg steht, könnt ihr es einfach beiseitestellen."

„Danke." Chloes Blick wanderte zum oberen Ende der Treppe und sie überlegte, wie viel Platz dort oben war. Sie erwartete eine Handvoll alter Stücke in einer Ecke. Aber als sie das obere Ende der Treppe erreichte, hatte sie das Gefühl, dass es sich hier eher um ein Möbellager handelte. „Oh mein Gott."

Reed nickte. „Ja. Ich bin mir sicher, dass es Antiquitätenhändler gibt, die töten würden, um etwas von diesem *Zeug* zu ergattern.“

Sanft strichen ihre Finger über die Oberseite einer alten Kommode. Sie war nur ein wenig verstaubt, was ihr den Eindruck vermittelte, dass sie vor nicht allzu langer Zeit gereinigt und poliert worden war. „Das ist nicht das, was ich erwartet habe.“

Reeds Lächeln verschwand. „Du magst keine Antiquitäten?“

Sie drehte sich schnell zu ihm um. „Doch. Ich liebe gute Handwerkskunst. Ich schätze, mir war nur nicht klar, dass sie wirklich Antiquitäten meinten, als sie *Antiquitäten* sagten.“

Als das Lächeln auf seinem Gesicht zurückgekehrt war, deutete Reed mit der Hand nach hinten. „Wie willst du das anpacken? Von vorne nach hinten, von hinten nach vorne, gemeinsam oder aufteilen?“

Plötzlich fühlte sie sich ein wenig überfordert. In Gedanken durchsuchte sie schnell, welche Teile in ihrem Haus völlig ruiniert waren. Dann stellte sie sich die leeren Plätze vor, die sie mit einem schönen Stück füllen wollte, sobald sie es sich leisten konnte. „Ich denke, ich würde das gerne gemeinsam machen.“

„Dann lass uns loslegen. Ich schlage vor, von hinten nach vorne zu gehen. Auf diese Weise können wir beim Vorbeigehen ein Gefühl dafür bekommen, was sich hier oben verbirgt, und uns dann Zeit für Dinge nehmen, die du interessant findest.“

Chloe nickte. Es war sehr lange her, dass ihr so viel Aufmerksamkeit entgegengebracht wurde. Wenn sie nicht aufpasste, könnte sie sich daran gewöhnen.

Er hielt eine ihrer Hände und führte sie mit seiner anderen Hand an ihrem Rücken sanft durch das Labyrinth aus Kisten, Truhen und Gegenständen, die von bestickten Fußhockern bis hin zu massiven Schränken reichten. Plötzlich zog seine Hand an ihrer und brachte sie zum Stehen. „Vorsicht.“

Ihr Fuß stieß gegen etwas Hartes und sie stolperte gegen ihn. Sein Griff verstärkte sich, um sie zu stabilisieren. „Entschuldigung. Der Tisch dort drüben hat mich abgelenkt. Ich glaube, ich habe nicht gesehen, wohin ich ging.“

„Kein Problem. Schauen wir ihn uns an.“

„Ich habe nicht wirklich Platz für einen Tisch. Als Pat und ich das Haus kauften, hatten wir gehofft, es eines Tages erweitern zu können.“

Als sie den Tisch erreichte, zählte sie die darauf gestapelten Stühle. „Ich wollte immer ein Esszimmer, das Platz für so ein Schmuckstück bietet. Meine Grandma hatte einen ähnlichen Tisch in ihrem Esszimmer. Auch wenn wir eine kleine Familie waren, hat sie, glaube ich, immer gehofft, dass sie noch wachsen würde.“ Chloe kicherte. „Wahrscheinlich hat sie jede Nacht gebetet, dass ich einen netten irisch-katholischen Jungen finde und ein Dutzend Kinder mit ihm bekomme.“

„Was ist mit dem Tisch passiert?“

„Als sie und mein Großvater beschlossen, dass es Zeit für eine kleinere Wohnung war, waren Pat und ich noch nicht lange verheiratet. Wir lebten in einer Mietwohnung und ich konnte mir nicht vorstellen, jemals Platz für einen Tisch dieser Größe zu haben. Ich glaube, sie hat ihn an eine entfernte Cousine verkauft.“

„Die Stühle sind in ziemlich gutem Zustand.“ Nachdem er einen auf den Boden gezogen hatte, ruckelte er an ihm und lehnte sich darauf, bevor er sich setzte. „Die Sitzfläche ist bequemer als ich erwartet hatte. Vielleicht wäre jetzt mit der Versicherungssumme ein guter Zeitpunkt, das Haus zu vergrößern? Um dir endlich deinen Tisch zu holen?“

Sie schüttelte den Kopf. „Nein. Es wäre seltsam,

Dinge, die Pat und ich geplant haben, ohne ihn zu machen.“

„Warum?“ Er seufzte und verdrehte die Augen gen Himmel. „Sorry, ich meine, denkst du wirklich, dass Pat verärgert wäre, wenn du etwas ohne ihn tun würdest, was du wirklich schon immer wolltest?“

Sie wandte ihren Blick von Reed oder vielleicht auch von der Frage ab und starrte auf den Tisch und die Stühle. „Es ist ein schönes Set.“

Er nickte, sagte aber nichts. Das brachte sie zum Nachdenken. Zum Nachdenken über Dinge, die sie lange gemieden hatte.

„Nein. Er würde sich freuen.“

„Er möchte sicher, dass du alles bekommst, wovon du immer geträumt hast.“

Sie ließ den Blick auf den Tisch gerichtet und nickte.

„Hey.“ Reed legte den Kopf zur Seite und wartete, bis sie ihn ansah. „Ich weiß nicht viel, aber über eines bin ich mir sicher. Er würde wollen, dass du glücklich bist.“

„Ja. Das würde er.“ Sie blinzelte eine Träne zurück und zwang sich, sich abzuwenden und ihre Aufmerksamkeit auf eine Kommode auf der anderen Seite zu lenken. „Die Mädchen teilen sich eine Kommode. Ich könnte noch eine gebrauchen.“

Und so tat sie, was sie immer getan hatte. Vorwärtsblicken, weitermachen. Irgendwie. Sie erlaubte sich einen kurzen Blick über die Schulter und betrachtete ein letztes Mal die Esszimmergarnitur. Wenn sie eines Tages etwas davon verwirklichen wollte, musste sie etwas ändern.

„Meinst du die hier?“ Reed blieb bei zwei schweren Kommoden aus Eichenholz stehen.

„Ja. Ja, genau.“ Sie setzte ein Lächeln auf. Die Dinge nahmen bereits eine Wendung. Und warum überraschte es sie nicht, dass Reed, wie bei allem anderen Guten, das ihr in den letzten Jahren widerfahren war, hier war, um zu helfen?

„Gott, das ist gut." Reed liebte das Corned Beef und den Kohl im Pub.

Jamie zuckte träge mit den Schultern und winkte ihm zu. „Ich wünschte, ich könnte die Lorbeeren annehmen. Aber ich schwöre, es ist der Bräter von Tante Eileen. Ich weiß nicht, ob es an Liebe, Magie oder jahrzehntelangem Würzen liegt, aber egal welchen neuen Top ich probiere, es schmeckt nie so wie aus dem Familienbräter."

„Ich wette auf alle drei Dinge." Chloe wischte sich mit der Serviette die Mundwinkel ab. „Und ich stimme Reed zu. Niemand macht so gutes Corned Beef mit Kohl."

Als Reed Chloe beobachtete, konnte er sich nicht entscheiden, ob sich etwas verändert hatte und sie zufriedener wirkte, oder ob es vielleicht nur Wunschdenken seinerseits war. Aber die Last all der schlimmen Dinge, die in ihrem Leben passiert waren, schien nachgelassen zu haben. Das Mädchen, das gerade vor ihm saß, erinnerte ihn an das Mädchen, das er vor so vielen Jahren in einem anderen Pub kennengelernt hatte.

„Also gut." Jamie trat einen Schritt zurück. „Ich muss noch ein paar Dinge erledigen, bevor wir heute Abend die Türen öffnen. Sag mir einfach Bescheid, wann du deine neuen Möbel abholen willst."

„Danke noch einmal."

„Das machen wir gerne."

Chloe behielt ihn im Auge, bis Jamie im Flur

verschwunden war. „Gefällt mir."

Bei jeder anderen Frau hätte er vielleicht gedacht, dass sie Jamie meinte. Aber so sehr er sich auch bemühte, er hatte keine Ahnung, wovon sie sprach. Einen Moment lang fragte er sich, ob er Frauen jemals verstehen würde. „Was?"

„Die Art wie er *wir* gesagt hat. Er und Abbie sind so ein süßes Paar."

Er hatte nicht wirklich darüber nachgedacht. Alle Farradays schienen gut zu ihren Partnerinnen zu passen.

Der Klang von Weihnachtsliedern drang vom Bürgersteig ins Pub und Chloe summte mit. „Das ist eines meiner Lieblingslieder."

„Von mir auch." Seine Finger begannen im Rhythmus des Liedes zu klopfen. „Eine Zeit lang spielten sie nur die aufgepeppte moderne Version. Ich habe die originale Interpretation vermisst."

„Genau!" Strahlend ließ sie ihre Gabel fallen und beugte sich freudig nach vorne. „Es hat mich jedes Mal verrückt gemacht, wenn diese jazzige Version im Autoradio lief."

In den nächsten paar Minuten registrierte er nur jedes zweite Wort, das sie sagte. Er konnte nicht darüber hinwegkommen, dass Chloe zum ersten Mal seit langer Zeit so unbeschwert und fröhlich wirkte. Von der zurückhaltenden Frau, die er in den letzten Jahren kennengelernt hatte, war nichts mehr zu sehen.

„Oh schau." Chloe zeigte auf die gegenüberliegen-de Ecke des Pubs, wo Jamie einen Teil eines Baumes aus einer großen Kiste hob. „Er dekoriert." Ihr Blick fiel auf ihr Handgelenk. „Wir müssen Sarah noch eine Weile nicht abholen. Glaubst du, er hat etwas dagegen, wenn wir helfen?"

Selbst wenn Jamie etwas dagegen gehabt hätte, was zweifelhaft war, damit Chloe helfen und dieses schöne

Lächeln auf ihrem Gesicht behalten dürfte, hätte Reed seine Seele verkauft. „Lass es uns herausfinden."

Es bedurfte nicht viel Überzeugungsarbeit, damit Jamie die Hilfe annahm. Als Chloe die Weihnachtsschmuckschachteln öffnete und ihr Gesicht bei jeder Entdeckung heller strahlte, fiel Reed nichts ein, was er gerade lieber tun würde.

„Oh, wow. Sie haben das Lametta aufbewahrt." Sie saß auf dem Boden und hielt eine Weihnachtskarte hoch, in der Lametta steckte. „Das ist das alte Zeug, das wirklich glänzt. Als ich ein Kind war, haben wir nach Weihnachten das Lametta vom Baum genommen, es zusammengeknüllt und drinnen Schneeballschlachten veranstaltet."

„Ich wette, deine Eltern waren begeistert darüber."

„Sie haben weggeschaut. Pat und ich machten immer das Gleiche, allerdings mit meinen Schneeballornamenten. Es war albern und kindisch, aber wir haben es geliebt."

„Schneebälle? Wie gefrorenes Wasser, das schmilzt?" Natürlich wusste er, dass sie etwas anderes meinen musste, aber er genoss das Leuchten in ihren Augen, während sie in Erinnerungen schwelgte. Vor heute war es lange her gewesen, dass sie über das Leben mit Pat gesprochen hatten. Es war fast so, als ob der einzige Weg, den sie kannte, um dem Schmerz zu entgehen, darin bestand, Erinnerungen an ihn zu meiden. Doch jetzt schien sie sich fast in Frieden an ihn zu erinnern.

„Ja." Sie griff nach einem weiteren Schmuckstück. „Mir gefiel es, Weihnachtsachen zu basteln. Ich häkelte kleine Kugeln, füllte sie mit Watte und beklebte sie dann mit Glitter. Natürlich war nach ein paar Jahren voller Schneeballschlachten der meiste Glitter verschwunden."

„Hört sich nach Spaß an."

Ein süßes Lächeln umspielte eine Seite ihres Mundes, als sie sich zurücklehnte. „Das war es."

Erinnerungen an jahrelange Freundschaft stiegen in ihm auf. „In dem Jahr, in dem wir über Weihnachten im Einsatz waren, redete Pat stundenlang über eure Weihnachtsrituale. Das gemeinsame Einkaufen, das Schmücken des Baumes. Und darüber, dass seine Lieblingsbeschäftigung beim Erstellen der Popcorn-Girlanden das Essen jedes zweiten Stücks war."

Ihr sanftes Lachen erfüllte den Raum. „Ich musste immer eine doppelt so große Portion machen. Manchmal war er mehr Kind als Emmie."

„Kann gut sein. Weihnachten bringt das Kind in uns allen zum Vorschein."

Sie stand auf und seufzte. „Das habe ich in letzter Zeit etwas vernachlässigt. Aber Feuer hin oder her, ich werde das ändern. Dieses Jahr wird Weihnachten fröhlich sein."

„Das ist mein Mädchen." Er hatte es als Redewendung gemeint, aber war nun selbst überrascht, wie sehr ihm der Klang gefiel. Im Laufe der Jahre hatte sich Chloe schnell von dem Mädchen, das ihm durch die Finger geschlüpft war, zu der Frau seines Kumpels entwickelt. Kein Mann hatte es jemals gewagt, einem Kumpel das Mädchen auszuspannen, und schon gar nicht die Frau. Er lächelte einfach, drehte sich um und schnappte sich eine weitere Schachtel. Sie war vielleicht nicht mehr die Frau seines Kumpels, aber sie war auch nicht seine Freundin.

Er hörte, wie einer der Stühle über den Boden schleifte, und drehte sich um. Mit einer Kiste in der einen Hand, einem Fuß auf dem Sitz und der anderen Hand auf der Rückenlehne war Chloe gerade dabei, hinaufzuklettern. „Was machst du?"

„Man muss von oben nach unten mit dem Dekorieren beginnen."

„Das weiß ich, aber du könntest verletzt werden."

Ihre Augen weiteten sich. „Das ist ein Stuhl, kein Schützengraben."

„Trotzdem. Sie sind zum Sitzen konzipiert. Nicht zum Klettern." Er griff nach dem Stuhl. „Ich bin sicher, Jamie hat eine Leiter, die wir benutzen können."

„Reed." Ihr Rückgrat wurde steif. „Ich sage es nur ungern, aber ich klettere seit über zwei Jahren alleine auf Stühle und Leitern, wechsle Glühbirnen, hänge Bilder auf und verrichte alle möglichen gefährlichen Aufgaben. Ich bin mir ziemlich sicher, dass ich es schaffe, ein paar Weihnachtskugeln aufzuhängen."

Wenn er sich nicht irrte, war dies vielleicht ihr allererster Streit. Der Gedanke brachte ihn fast zum Lachen. So süß sie wütend auch aussah, sie sah ebenso bereit aus, ihn zu verprügeln, sollte er ihr widersprechen. Sie hatte recht. Einen Baum zu schmücken war nicht ganz dasselbe wie auf ein Dach zu klettern und einen Schornstein zu reparieren. „Du hast recht. Es tut mir leid. Aber lass mich wenigstens sehen, ob Jamie eine Leiter hat. Es wäre viel einfacher, als auf dem Stuhl zu stehen."

Das Funkeln in ihren Augen leuchtete erneut auf und die Spitzen ihres hübschen Mundes verzogen sich zu einem süßen Lächeln. „Nein, ich bin diejenige, die dir eine Entschuldigung schuldet. Ich habe überreagiert. Es tut mir leid. Lass mich nachsehen, ob eine Leiter in der Nähe ist." Sie legte das Ornament zurück in die Schachtel, bewegte sich um ihn herum und hielt inne, um ihm einen kurzen Kuss auf die Wange zu geben. „Du bist ein netter Mann, Reed Taylor. Danke."

Er war fassungslos, nickte und sah zu, wie sie zu Jamie hinüberhuschte, der hinter der Bar stand. *Netter* Mann. Was er nicht wusste, war, ob er in die Kategorie *nett, wie ein neugeborener Welpe* oder *nett, wie ein Ritter auf einem weißen Ross* degradiert worden war. Vielleicht, nur vielleicht, wollte er irgendwo dazwischen sein.

# KAPITEL ACHT

Die Glocke über der Eingangstür zum Sisters klingelte. Chloe liebte den Klang. Aus irgendeinem Grund hatte sie immer das Gefühl, eine Zeitreise in eine Zeit zu machen, in der die Menschen eine einfachere, leichtere Lebensweise verfolgten. An manchen Tagen erwartete sie, dass Ma oder Pa Ingalls durch die Tür traten oder Mrs. Olson hinter dem Vorhang hervorkam, der den Laden von den Büros trennte. Heute kam Sister, um sie zu begrüßen.

„Guten Morgen." Die kleine Blondine, die offensichtlich glaubte, je höher die Haare, desto näher bei Gott, kam mit einem sonnigen Grinsen zu ihr. „Es ist so schön, dich zu sehen." Sie beugte sich vor und reichte Sarah eine Pfefferminzstange. „Und dich auch, kleine Lady."

„Was sagen wir?"

Hinter dem Bein ihrer Mutter versteckt, betrachtete Sarah das dargebotene Geschenk sorgfältig, bevor sie sich hinauswagte und es entgegennahm. „Tankö."

„Gern geschehen." Sister richtete sich zu ihrer vollen Größe auf und entschuldigte sich dann, um ans Telefon zu gehen.

Mit einer Liste in der Hand ging Chloe zur Spielzeugabteilung. Sie wusste bereits, welche Geschenke sie für alle Farraday-Enkel kaufen wollte, sie musste nur auf ihr Budget achten. Sie ging die besten Möglichkeiten durch, legte zwei Spielzeuge beiseite und dachte über ein drittes nach. Sarah vergnügte sich derweil damit, die Schuhabteilung zu inspizieren. Das Kind war von Schuhen fasziniert. Gut, dass Sarahs Ablenkung es Chloe leicht machte, sich umzusehen. Sie hatte es geschafft, ein paar Dinge von ihrer Liste zu streichen, als Sister wieder zu ihr kam, um zu helfen.

„Ich habe gehört, dass es mit deinem Haus gut vorangeht." Sister lächelte sie an.

Chloe blickte sich im Laden um. Sie hatte noch eine Person auf ihrer Liste und keine Ahnung, was sie ihm schenken sollte. „Nun, bis jetzt."

„Oh, je. Bis jetzt? Das hört sich nicht gut an."

Ihr hätte klar sein müssen, dass die Schwestern bei jedem Ausflug in die Stadt, sei es ins Café oder zum Friseur, über den Fortschritt an ihrem Haus informiert werden wollten. „Die Beseitigung der Schäden ging recht schnell vonstatten. Doch beim Wiederaufbau haben sich einige Hindernisse aufgetan."

Sissy, die Schwester, die offensichtlich alle ihre äußerlichen Eigenschaften vom anderen Elternteil als Sister geerbt hatte, kam lächelnd aus dem Büro. „Was höre ich denn da von Hindernissen?"

Sister deutete mit dem Finger in ihre Richtung. „Chloe hat mir gerade von den Verzögerungen bei den Renovierungsarbeiten erzählt."

„Oh, nein." Sissy presste die Lippen fest zusammen. „Ich dachte, Sean wäre ziemlich optimistisch, Patrick und seine Crew hierher zu holen."

„Ihr wisst davon?", fragte sie.

Beide Schwestern winkten ab, als hätte sie gerade gefragt, welche Farbe der Himmel habe, aber Sissy meldete sich zu Wort. „Patrick Farraday hat diese Stadt seit über zwanzig Jahren nicht mehr betreten. Keiner von uns weiß, was passiert ist, obwohl wir wissen, dass die Cousins und Cousinen gelegentlich immer noch miteinander reden."

„Ja", stimmte Sister zu. „Gelegentlich."

Das Wenige, was im Haus gesprochen wurde, hatte bei Chloe den Eindruck erweckt, Onkel Patrick wäre ein Bruder. „Cousins?"

Schwester nickte. „Brian und Patrick sind Brüder, also ist Patrick Seans Cousin, genau wie der Vater von Hannah, Ian und Jamison."

Das waren neue Informationen für sie. Im Haus war sehr wenig darüber gesprochen worden. Schließlich kannte jeder *in* der Familie Farraday die Geschichte und hatte keinen Grund, es genauer zu erklären, und sie hatte nicht fragen wollen. Sie wusste nur, dass Onkel Patrick zugestimmt hatte, es zu versuchen, aber bisher war es ihm nicht gelungen, mit einer Crew aus Oklahoma zu kommen.

Die Glocke läutete erneut und alle drehten sich um. Ein Lächeln huschte über ihre Wangen, als Reed durch die Tür kam.

„Ich wusste doch, dass das dein Auto ist."

„Onkie." Sarahs gesamte Schüchternheit verschwand und sie streckte ihre Arme nach Reed aus.

Wie einstudiert, nachdem Sarah sich zwei Wochen lang bei jeder Gelegenheit an ihm geklammert hatte, beugte er sich, ohne hinzusehen in ihre Richtung, damit sie auf seine Hüfte klettern konnte.

„Bist du wegen des Pakets hier?", fragte Sister über ihre Schulter hinweg, während sie hinter die Theke eilte. „Es kam wie versprochen heute Morgen an. Genau das, was Sam bestellt hat."

„Perfekt." Sein Lächeln wurde breiter, während er Sarah mit einem Arm festhielt und mit dem anderen eine kleine Schachtel entgegennahm.

Die letzte Woche war wie im Flug vergangen. Beide Mädchen hatten sich an das Leben auf der Ranch gewöhnt. Chloe musste zugeben, dass es Zeiten gab, in denen sie vergaß, dass sie von Natur aus introvertiert und von Geburt an keine Farraday war. Je mehr sie mit Tante Eileen, ihren Freunden und ihrer Familie unternahm, desto mehr fragte sich Chloe, was sie dazu bewogen hatte, sich nach Pats Tod von der Stadt fernzuhalten.

„Ich bin froh, dass ich dich getroffen habe." Reed setzte Sarah auf seine Schultern und sie kicherte vor Freude.

Chloe versuchte, nicht zu sehr zu lachen, als Sarah ihre Hände erst auf seinen Mund und dann auf seine Augen legte.

„Was haben wir gesagt?", fragte er Sarah.

Wortlos beugte sich ihre Tochter vor und ließ ihre Hände unter sein Kinn fallen. Fürs Erste war das in Ordnung, aber Chloe fragte sich, was er tun würde, wenn auch das zu einem erdrückenden Griff wurde. Nicht, dass es wichtig wäre. Bisher hatte er die Kindererziehung wie ein Profi gemeistert. Das war eines der Dinge, die sie an ihm liebte. Das und sein liebenswerter Verlorener-Junge-Blick. Ihn dabei zu beobachten, wie er lachte und ihr kleines Mädchen kitzelte, wodurch sie sich mit ihrer neuen Normalität immer wohler fühlte. Und dann zu sehen, wie er zu Chloe blickte und ihr zuzwinkerte, um sicherzustellen, dass sie sich nicht ausgeschlossen fühlte. Wie konnte eine Frau einem solchen Mann widerstehen? Und warum sollte sie das wollen?

Reed folgte Chloe. Es war ein paar Tage her, seit sie die Arbeiten am Haus gesehen hatte, und sie wollte unbedingt wissen, wie es voranging. Er war sich nicht sicher, ob er Frauen jemals ganz verstehen würde. Einen Moment lang lächelte sie und genoss den verspielten Moment mit ihm und ihrer Tochter, und im nächsten erschien ein abwesender Ausdruck auf ihrem Gesicht und sie eilte fast verzweifelt davon, um auf dem Weg zu den Farradays bei ihrem Haus vorbeizusehen. Auf keinen Fall würde er zulassen, dass sie dem allein gegenübertrat, was ihre Stimmung so schnell verändert hatte. Also fuhr er ihr nach.

Die Vorderseite des Hauses sah noch genauso aus wie damals, als sie es nach dem Brand zum ersten Mal gesehen hatten. Alle Freiwilligen hatten sich zunächst auf die Reparatur des Daches und der Außenwände konzentriert. Der Bau des Daches hatte länger gedauert als erwartet, da sich Lieferungen verspätet und es an Dachdeckern gemangelt hatte.

Chloe stieg aus ihrem Auto. Nachdem sie Sarah aus dem Kindersitz geholt hatte, stand Reed an ihrer Seite. „Bereit?", fragte er.

„Vielleicht, vielleicht nicht. Aber lassen wir uns davon nicht aufhalten."

„Okay." Für ihn war Chloe einzigartig. Hart, mutig und unglaublich hingebungsvoll. Alles verpackt in einem süßen, fürsorglichen und natürlich schönen Paket.

Als sie die Schwelle überquerten, blieb Chloe stehen, um zu Atem zu kommen. Ob das gut oder schlecht war, ließ sich in diesem Augenblick nicht sagen. „Geht es dir gut?"

Sie hielt Sarahs Hand und bewegte sich langsam vorwärts. „Es sieht so anders aus."

Seit sie das letzte Mal hier gewesen war, hatten sie das Dach erneuert und die Außenwände komplett neu aufgebaut. Als sie jetzt hineingingen, wanderte ihr Blick nicht direkt in den Hinterhof, sondern wurde von einer Wand gestoppt. Die Außenseite des Hauses war noch mit Wetterschutzfolie eingekleidet und wartete auf ihre Putzschicht. Aber das hatte Zeit. Erst einmal hatte der Innenraum oberste Priorität.

„Ohne Möbel oder Schränke sieht es so riesig aus. Ganz anders.“ Ihre Augen suchten langsam jede Ecke ab.

„Der Durchgang, der Wohn- und Essbereich trennte, ist weg. Anscheinend war er nur zur Dekoration. Dadurch wirkt der Raum jetzt viel größer.“

„Das tut er wirklich.“ Sie sahen sich alle Räume im Erdgeschoss an, bevor sie die Treppe hinaufstiegen. Chloe ging langsam den Flur entlang zum Zimmer der Mädchen.

Er war sich nicht sicher, aber er glaubte zu sehen, wie ihre Hand zitterte, als ihre Finger den Knauf umklammerten, ihn drehten und sie langsam die Tür aufstieß.

Das Zimmer der Mädchen war, wie auch das von Chloe im Erdgeschoss, bereits mit neuen Rigipsplatten verkleidet, was dazu beitrug, dass es viel fertiger aussah als das Wohnzimmer und die Küche.

„Es tut mir leid, dass wir es nicht rechtzeitig fertigbekommen konnten.“

Sie schüttelte den Kopf und zog ihre zappelnde Tochter näher an sich heran. „Muss es nicht. Ich habe genug Umbauserien gesehen, um zu wissen, dass man selbst mit einer großen Crew immer mindestens sechs Wochen braucht.“

„Dann bist du also nicht enttäuscht?“ Er widerstand dem Drang, den Raum zu durchqueren, sich neben sie zu stellen, seinen Finger unter ihr Kinn zu legen und einfach nur in ihre Augen zu blicken. Aber es war besser für ihn, die Hände in den Taschen zu lassen. Die Versuchung, sie zu berühren, wurde immer schwieriger zu ignorieren.

„Die ganze Stadt gibt alles, um mir für Weihnachten ein Zuhause zu geben. Sie opfern ihre ganze Freizeit und nutzen jede Verbindung, um den Prozess zu beschleunigen. Wie könnte ich da enttäuscht sein?"

Sarah befreite sich aus dem Griff ihrer Mutter, rannte auf ihn zu und schlang die Arme um sein Bein.

„Hallo, Süße. Gefällt dir, wie dein Zimmer aussieht?"

Ähnlich wie in der ersten Woche nach dem Brand vergrub Sarah ihren Kopf an seiner Schulter, nachdem er sie hochgehoben hatte.

Chloe durchquerte schnell den Raum, strich ihrer Tochter eine Haarsträhne aus dem Gesicht und steckte sie hinter ihr Ohr. „Hast du schon eine Farbe für die Wände ausgewählt?"

Sarah vergrub das Kinn in seinem Nacken und schüttelte den Kopf.

„Ich dachte, rosa wäre schön." Nicht, dass ihm rosa wirklich gefiel, aber er war sich ziemlich sicher, dass es die Lieblingsfarbe aller Frauen unter zehn Jahren war.

Offenbar war er auf dem richtigen Weg. Sarah hob ihr Kinn, legte den Kopf schief und schien die Wände zu untersuchen.

„Oder vielleicht Blumen?", fragte er. „Ich habe einige hübsche Tapeten mit Blumen gesehen. Welche Blumen magst du?"

Jetzt saß Sarah aufrecht und sah sich um. Schließlich drückte sie sich zurück, um Reed ins Gesicht zu sehen. „Gelb."

Er spürte, wie sich ein breites Lächeln auf sein Wangen zog. „Dann streichen wir es gelb."

Chloe klopfte ihrer Tochter auf den Rücken. „Wenn Emmie zustimmt. Sie darf auch entscheiden."

„Gelb", wiederholte Sarah und wurde wieder zu dem fröhlichen, verspielten Mädchen von eben. Es dauerte einige Zeit, aber Sarah schien sich jeden Tag ein bisschen mehr an die aktuelle Situation zu gewöhnen, und er hoffte, dass er zumindest ein wenig dazu beitrug.

„Vielleicht müssen wir einen Salomo durchziehen", schlug er vor. „Du weißt schon, den Raum in der Mitte teilen. Eine Hälfte gelb und die andere Hälfte … wer weiß."

Dieses Funkeln tauchte wieder in Chloes Augen auf. „Klingt, als hätten wir einen Plan."

„Dann bist du damit einverstanden, die Feiertage auf der Ranch zu verbringen?"

„Mit dir?"

Die Frage überraschte ihn. Sie wollte, dass er Weihnachten mit ihr und den Kindern feierte. Es waren zwei Weihnachten vergangen, seit sie Pat verloren hatten, und dies war das erste Mal, dass sie überhaupt vorschlug, ihn miteinzubeziehen. Wie verrückt war es, dass ihr Wunsch, er möge an Weihnachten Teil ihrer Familie sein, Gedanken an Blumen – die echten – und Mondlicht und, der Himmel möge ihm helfen, *Liebe* weckte?

# KAPITEL NEUN

„Ich kann nicht glauben, dass schon Heiligabend ist." Eileen holte einen mit Plätzchenausstechern gefüllten Behälter hervor. „Wo ist die Zeit geblieben? Wir haben so viel zu tun."

Chloe hatte keine Plätzchen mehr gebacken, seit sie als kleines Mädchen ihre Großmutter besucht hatte. „Sag mir einfach, was ich tun soll."

„Da wären wir." Catherine kam mit ihrem Mann Connor neben ihr durch die Hintertür. Ihre Tochter Stacey drängte sich zwischen ihnen hindurch und stürmte schnurstracks hinein. „Im Haus nicht laufen."

Connor stieß einen kleinen Lachanfall aus. „Als ob diese Regel jemals forciert werden würde. Das ist jetzt das Haus von Grandma und Grandpa. Hier gibt es keine Regeln."

„Es gibt ein paar." Eileen winkte ihrem Neffen mit einem Nudelholz zu. „Apropos Großeltern, ihr zwei seid in Sachen Babys im Rückstand."

Catherine hustete und Connors Augen sprangen ihm fast aus dem Kopf. Zu Catherine und Connors Verteidigung riefen Toni, Joanna, Grace und Hannah schnell ein tadelndes „Tante Eileen" aus dem Esszimmer.

Becky reichte Chloe mehrere Päckchen Butter und schüttelte den Kopf. „Kümmere dich nicht um sie. Tante Eileen ist seit Monaten auf der Suche nach weiteren Babys. Wir haben uns schon daran gewöhnt."

„Babys sind süß." Chloe zuckte mit den Schultern.

„Seht ihr!", brüllte Tante Eileen über ihre Schulter, während sie am Waschbecken stand. „Sie ist auf meiner Seite." Leise murmelte sie: „Schade, dass ich keine Neffen mehr habe."

Mit einem Fuß bereits in der Küche machte Meg schnell kehrt und zog sich in die Sicherheit des Wohnzimmers zurück. Der Ton eines *Toy Story*-Films drang zwischen Gesprächsfetzen und Gelächter der übrigen Familie und der Kinder in die Küche. Dieses chaotische Szenario zauberte Chloe ein Lächeln auf die Lippen. Sie lernte, das Chaos zu mögen.

„Wer möchte bei den Rentierplätzchen helfen?", rief Tante Eileen ins Wohnzimmer und wandte sich dann an Chloe. „Weihnachtsplätzchen muss man mit Kindern backen."

Was der Grund war, warum Chloe froh war, dass ihr Haus doch noch nicht bezugsfertig war. Wenn sie zu Hause gewesen wären, hätte Emmie den ganzen Plätzchenspaß und das übrige Geplänkel verpasst. Und sie ebenfalls.

Erneut öffnete sich quietschend die Hintertür. Der Anblick von Reed, der lächelnd die Küche betrat, ließ Chloes Inneres wie bei einem nervösen Teenager kribbeln. Etwas hatte sich an jenem Tag verändert, als sie den Baum in Jamies Pub geschmückt hatten. Im Sisters dachte sie dann, dass sie vielleicht eine Idiotin war. Aber als die durch das halbfertige Haus – das Haus, das schon lange kein Zuhause mehr war – gegangen waren, war sie zu einem Entschluss gekommen. Sie hatte einen langsamen Blick auf das Leben geworfen, vor dem sie sich versteckt hatte. Reed Taylor war jemand Besonderes und sie hatte es satt, seine Gegenwart in ihrem Leben als selbstverständlich anzusehen.

„Guten Nachmittag." Genau wie die Farraday-

Männer hielt auch Reed inne, um seine Stiefel abzuklopfen, bevor er eintrat. Selbst diese Routine ließ ihr Grinsen noch breiter werden. Hingerissen wurde ihren Gefühlen nicht mehr gerecht.

Ihre Kleine mit dem Fledermausgehör, die auf fast wundersame Weise wieder zu ihrem Vor-dem-Feuer-Selbst zurückgekehrt zu sein schien, sprintete in die Küche. „Onkie. Können wir uns die Pferdebabys ansehen?"

Reed blickte zu Tante Eileen, die nickte, dann zu Chloe, bevor er zustimmte. „Wir sollten fragen, ob die anderen Kinder mitkommen wollen." Der Mann war unschlagbar. Seine stets aufmerksame Art brachte ihre Wangen fast zum Schmerzen, weil sie so viel lächelte.

„Wenn du alle Kinder mitnehmen willst, brauchst du Unterstützung." Tante Eileen blickte über ihre Schulter zu ihm, wobei ein verschmitztes Grinsen auf ihren Lippen erschien, bevor es schnell wieder verschwand. „Chloe, machst du das?"

„Ja, Ma'am." Sie stieß sich von der Theke ab, an der sie sich angelehnt hatte. „Ich frage im Wohnzimmer nach."

Der Couchtisch, der Spieltisch und mehrere Bodenflächen waren mit Geschenkpapier in verschiedenen Farben, Scheren und Klebeband bedeckt. Jedes Kind hatte einen oder zwei Erwachsene, die ihm beim Verpacken der Geschenke halfen. Von der Tür aus konnte sie sehen, dass sogar Emmie an einem Geschenk gearbeitet hatte. Als sie den vom Boden bis zur Decke reichenden Baum betrachtete, der in einer Ecke stand und bereits auf einem Meer aus wunderschön verpackten Geschenken thronte, fragte sie sich, wie die anderen dort auch noch Platz finden sollten.

„Onkel Reed und Sarah gehen nach draußen, um die Fohlen anzusehen. Möchte jemand mitkommen?", fragte sie.

Zu ihrer Überraschung sprangen alle fünf Kinder auf. Das jüngste, Brooks' kleines Mädchen, mit etwas weniger Geschwindigkeit als die älteren.

„Braucht ihr Hilfe?", fragte Ethan. Er und Brooks begannen aufzustehen.

„Nein." Sie gab ihnen ein Zeichen, sitzen zu bleiben. „Zwei Erwachsene, fünf Kinder. Das sollten wir schaffen."

Sean lachte leise. „Denk daran, bei mehr als zwei Kindern wirst du immer einen Arm oder ein Elternteil zu wenig haben."

In dieser Aussage steckte wahrscheinlich mehr Wahrheit, als sie in diesem besonderen Moment erwägen wollte. „Danke. Ich werde daran denken."

„Mach das." Der Familienpatriarch lächelte so, dass seine Augen funkelten.

Chloe und Reed hatten es kaum aus der Hintertür geschafft, als Finn an ihnen vorbeistürmte und von der Veranda sprang, bevor er sich zu ihnen und den Kindern umdrehte und rief: „Der Letzte drinnen ist ein faules Ei." Dann trottete er gemütlich zur Scheune.

Oh, das war nicht, was sie jetzt brauchten. Sarah drehte sich aufgeregt aus Reeds Armen und innerhalb von Sekunden jagten alle fünf Kinder fröhlich hinter Finn her.

Chloe schüttelte den Kopf. Sie wusste nicht, ob sie darüber lachen oder wie verrückt rennen sollte, um die Kinder einzuholen. „Dieser Mann sollte Tante Eileens Bitten um weitere Enkelkinder besser nicht nachkommen, bevor er noch ein klein wenig reifer geworden ist."

„Eigentlich kann er wirklich gut mit Kindern umgehen. Seine Fähigkeit, fast kindlich zu werden, macht ihn bei der nächsten Generation zu einem der Favoriten."

„Ich kann sehen, warum."

Reed lachte. „Komm schon. Mal sehen, was dabei herauskommt." Und dann überraschte er sie, indem er ihr die Hand reichte. Nicht nur ein *lass-mich-dir-beim Treppensteigen-helfen*, sondern ein *geh-mit-mir-spazieren-und-ich-hoffe-meine Handflächen-schwitzen-nicht.*

Der Himmel möge ihr beistehen. Endlich durfte sie mit einem netten Kerl Händchen halten, der allein mit einem Lächeln ihr Herz höherschlagen ließ, und das erste, an das sie dachte, waren schwitzenden Handflächen. Wie unromantisch war das?

„Du denkst zu viel nach."

„Entschuldige, was?" Sie strauchelte.

„Vorsicht." Reeds Griff um sie wurde fester. „Auf deiner Stirn liegt ein leichtes Stirnrunzeln. Dasselbe, das immer auftaucht, wenn du dich darauf konzentrierst, ein Problem zu lösen."

Sie hob die Hand vor ihr Gesicht und strich sich mit den Fingern über die Stirn. „Entschuldigung. Ich denke nur nach. Es ist dumm."

„Es ist nichts Dummes daran, dass du nachdenkst." Sie hatten das Scheunentor erreicht und sein Tempo verlangsamte sich. Kurz bevor das Innere in Sicht kam, blieb er stehen. „Es gibt etwas, das ich schon seit einiger Zeit sagen wollte, und ich muss es endlich loswerden."

„Natürlich. Nur raus damit." Sie versuchte, nicht herumzuzappeln wie ihre jüngste Tochter oder sich Gedanken zu machen, was im schlimmsten Fall herauskommen könnte. Nicht jetzt. Nicht, wo es endlich bergauf ging.

Reed hielt immer noch ihre Hand. Schließlich drehte er sich zu ihr um und ergriff auch ihre andere Hand. Er stand nun ganz nahe vor ihr. Langsam senkte er seinen Kopf und gerade als seine Lippen die ihren fast berührten, murmelte er: „Das."

Sein Mund senkte sich auf ihren. Nicht so wie bei dem schnellen Kuss, als sie das letzte Mal unter dem Mistelzweig gefangen waren, sondern wie bei dem Kuss eines Mannes, der wirklich in die Frau, die er küsste, verliebt war.

Erst in diesem Moment, als sie sich an ihn schmiegte, wurde ihr wirklich klar, wie lange sie schon darauf gewartet hatte. Auf diesen Kuss. Und nicht irgendeinen Kuss, sondern einen echten Kuss von dem einzigartigen Reed Taylor.

Das Letzte, was Reed wollte, war, diese Frau loszulassen. Ihr Geschmack auf seinen Lippen und sie in seinen Armen waren alles, wovon er je geträumt hatte. Aber im Stall waren mehrere Kinder, für die sie verantwortlich waren, und der arme Finn hatte keine fünf Arme.

Er wünschte, er müsste es nicht tun, ließ dann aber widerwillig los. Seine Hand war immer noch um ihre geschlossen, während er seine Stirn kurz an ihre lehnte. „Können wir hier später weitermachen?"

Ihr Kopf bewegte sich sanft auf und ab. „Definitiv."

Langsam trat er einen weiteren Schritt zurück und schlenderte dann wie ein Junge bei seinem ersten Date zu den Boxen der Pferde. Der Stallbesuch war bei den Kindern ein großer Erfolg. Er war sich sicher, dass kein in West-Texas aufgewachsenes Kind jemals müde werden würde, die Verspieltheit eines neugeborenen Fohlens zu erleben, egal wie viel Zeit es in einem Stall verbrachte. Mindestens zwei- oder dreimal gelang es ihm, so zu gehen, dass sie unter Mistelzweigen standen, wohlwissend, dass die Kinder auf ihn zeigen würden, wodurch er eine berechtigte Entschuldigung für einen weiteren kleinen Kuss bekommen konnte. Gott möge denjenigen segnen, der den Stall wie ein Verrückter mit Misteln geschmückt hatte.

„Oh gut. Alle sind zurück." Tante Eileen sah mit so viel Freude im Gesicht zu, wie die Parade aus Kindern und Erwachsenen durch die Küchentür hereinmarschierte, dass Reed hoffte, sie würde noch mindestens eines der Enkelkinder bekommen, die sie sich wünschte. „Denkt an die Regeln. Sobald die letzte Ladung Plätzchen aus dem Ofen ist, dürfen wir alle *ein* Geschenk auspacken."

Freudenschreie erfüllten den Raum, als die Kinder sich über den riesigen Küchentisch verteilten und ihre Plätze einnahmen. Die Eltern arbeiteten zusammen mit ihren Kindern. Da Chloe die Einzige mit zwei Kindern und nur einem Elternteil war, sprang Reed gerne ein, um mit Sarah zusammenzuarbeiten. Die Dinge hatten sich in den letzten Wochen langsam verändert, aber seit heute Morgen spürte er, wie sich die Welt in eine neue und süßere Zukunft bewegte. Jetzt war er sich mehr denn je sicher, dass mindestens eine Sache, die er für Chloe gekauft hatte, die richtige Wahl war.

„Auf geht's." Tante Eileen stellte das erste abgekühlte Blech auf den Tisch.

„Ich liebe Lebkuchenmännchen", gurrte Catherine.

„Oh nein." Tante Eileen ging zu ihr und drehte das Gebäck auf den Kopf. „Wir schmücken Rentiere."

Reed warf einen weiteren Blick auf die Figur. Er war Catherines Meinung. Er sah nur einen auf dem Kopf stehenden Mann. Zwanzig Minuten später waren die Kinder mit Zuckerguss und Puderzucker bedeckt, lachten und grinsten. Tatsächlich hatten sich die auf dem Kopf stehenden Männchen in entzückende Rentierplätzchen verwandelt.

„Will jemand Kaffee?" Chloe trug ein Tablett mit

Tassen in der einen Hand und eine Karaffe mit heißem Kaffee in der anderen an den Tisch. Als sie an Staceys Station vorbeiging, wurden die Augen ihrer Mutter so groß wie Untertassen.

„Verzeihung." Catherine sprang auf und eilte aus der Küche.

Aus dem Augenwinkel bemerkte Reed, dass Connors Aufmerksamkeit auf seine Frau gerichtet war, bevor er ihr folgte. *Interessant.*

Ein kratzendes Geräusch an der Hintertür lenkte alle von der nächsten Ladung Plätzchen ab. Diesmal stachen sie Sterne, Weihnachtsmänner und Weihnachtsbäume aus.

„Stacey, Schatz, würdest du den Hund reinlassen?" Tante Eileen legte ein Nudelholz und einen Klumpen Teig vor die beiden ältesten Mädchen und blieb an Staceys Station stehen. „Wo ist deine Mom hin?"

Das kleine Mädchen zuckte mit den Schultern und öffnete die Tür. Gray stürmte mit etwas Buntem im Maul herein. Reed schien der Einzige zu sein, der es bemerkte. Alle anderen waren mit ihren zugewiesenen Backaufgaben beschäftigt und ignorierten den großen Hund.

„Tut mir leid, dass wir zu spät kommen." Meg ließ eine Tüte neben der Tür fallen und eilte in die Küche, um alle Frauen zu umarmen. „Um wieviel Uhr gibt es Abendessen?"

„Abendessen?" Tante Eileen blickte auf. „Wir haben gerade erst zu Mittag gegessen."

„Nicht wirklich", antwortete Becky. „Das Mittagessen ist fast zwei Stunden her."

Tante Eileen legte ihren Holzlöffel in eine Rührschüssel und stemmte beide Hände in die Hüften. „Das ist immer noch nicht spät genug fürs Abendessen." Sie positionierte sich mit ihrer Rührschüssel neu, schüttelte den Kopf und lächelte. „Nimm dir ein paar Plätzchen als Snack. Zu den Rentieren passt Eis sehr gut, wenn du großen Hunger hast."

Meg warf einen Blick auf die dekorierten Kekse und nickte. Mit einer Schüssel in der Hand schöpfte sie etwas Vanilleeis aus dem Behälter. „Möchte noch jemand Eis?"

Ein *Nein-Danke-Chor* umrundete den Tisch.

Während er Sarah dabei half, die Abschnitte des übriggebliebenen Teigs zu einem neuen, sauberen Klumpen zum Ausrollen zusammenzukneten, konnte er hören, wie Meg in der Speisekammer Sachen hin und her schob.

„Was machst du da drinnen? Renovieren?", rief Tante Eileen, ohne aufzublicken.

„Nichts", antwortete Meg, immer noch in der Speisekammer. Es dauerte noch ein paar Minuten, bis sie mit der Schüssel in der Hand und einem Lächeln im Gesicht auftauchte. Was auch immer sie gesucht hatte, sie hatte es offensichtlich gefunden.

Mit leerem Maul kratzte Gray an der Tür, um hinausgelassen zu werden, und als Emmie dieses Mal die Tür öffnete, trottete Gray hinaus und der nächste Hund tänzelte hinein. Wie zuvor Gray hatte das Tier etwas im Maul, aber von seinem Standpunkt aus konnte Reed nicht erkennen, was das Spielzeug des Hundes war.

Als die letzte Ladung Plätzchen fertig war, hatten sich weitere Männer an dem wilden Treiben beteiligt. Declan und Abbie waren die letzten Familienmitglieder, die eintrafen. Inzwischen hatten die Hunde es sich zur Routine gemacht, Dinge ins Haus zu tragen. Meg war bereits zum dritten Mal zum Eisessen gegangen, und so gut wie jeder, ob Kind oder Erwachsener, war mit Mehl bedeckt. Alles in allem ein sehr gelungener Tag.

„Ich würde sagen, es ist Zeit aufzuräumen. Dann

können wir vor der Heiligabendparade unsere Geschenke austauschen." Tante Eileen klopfte sich das Mehl von den Händen und grinste, als sie ihren Clan betrachtete. „Es wird das beste Weihnachtsfest aller Zeiten."

Noch nie hatte er Kinder und Erwachsene gesehen, die sich so schnell bewegten. Nachdem Teller mit Plätzchen im gemütlichen Wohnzimmer verteilt waren, nahmen alle Paare ihre Plätze ein. Reed beobachtete, wie alle Anwesenden, einer nach dem anderen, seine Geschenke unter den Baum legte und dann ein einzelnes herauszog, um es zu verteilen. Auch wenn dies nicht sein erstes Familienfest auf der Ranch war, jetzt wo Chloe neben ihm saß, mit Emmie und Sarah zu ihrer beider Seiten, verstand er endlich, warum die Farradays immer so verdammt glücklich waren.

„Auf geht's." Tante Eileen schlug ihre Hände zusammen und rieb sie begeistert.

Mit einem breiten Grinsen sprang Sarah auf und drückte Reed ein kleines Geschenk in die Hände. „Du bist dran."

Tante Eileen kicherte. „Ich schätze, wir fangen mit dir an, Reed."

Als er sich umsah, fühlte er sich etwas unsicher. Schließlich war er nicht einmal ein Farraday. Doch das aufgeregte Grinsen auf dem Gesicht der kleinen Sarah war nicht zu ignorieren. So langsam er konnte, ohne es hinauszuzögern, riss er das Papier ab und legte einen dunklen Holzrahmen frei. Darin war ein Foto von Sarah, die auf seinen Schultern saß und lachte, während er aufmerksam zuhörte, was Emmie sagte. Sein Mund wurde trocken und er hatte Mühe zu schlucken. „Ich liebe es."

Chloe lächelte schüchtern. „Ich habe es spontan geknipst und es schien einfach das richtige Geschenk von uns zu sein."

„Es ist perfekt." Er umarmte die beiden Mädchen, lächelte Chloe an und fragte: „Wer kommt als nächstes?"

„Fangen wir doch mit dem Erstgeborenen an." Eileen deutete auf die andere Seite. „Adam?"

Adam hatte den Arm um seine Frau geschlungen, gab ihr einen Kuss auf die Schläfe und schien zum ersten Mal auf ihre Schüssel herabzublicken. „Mein Gott, was ist das?"

„Eiscreme." Meg lächelte.

„Sie ist grün." Adams Augen waren groß und rund. Ob aus Überraschung oder aus Ekel konnte Reed nicht genau sagen.

„Ja." Sie lächelte strahlender. „Ist sie."

Connor saß auf ihrer anderen Seite und beugte sich vor, um einen Blick darauf zu werfen. „Meine Güte. Adam hat recht. Was ist das?"

„Ich habe es doch gesagt. Eiscreme." Megs Lächeln verschwand. „Wo ist dein Geschenk?" Mit der Schüssel in der Hand beugte sie sich vor, nahm ein kleines Geschenk und stellte die Schüssel auf den Couchtisch.

Das einzige Problem, das Reed erkennen konnte, war, dass die Eisschüssel auf dem Weg zum Tisch zu nah an Catherine herankam, die schluckte, aufsprang und aus dem Raum rannte.

Alle Blicke wanderten von Catherine zu Meg, zur Schüssel und hinauf zu Connor, der seiner Frau nachlief.

Die Einzige, die die Stirn runzelte, war Tante Eileen. „Etwas stimmt nicht und ich möchte wissen, was es ist."

„Mrs. Zweig", antwortete Emmie.

Tante Eileen warf dem kleinen Mädchen ein süßes Lächeln zu.

„Schau." Emmie zeigte auf den einsamen Mistelzweig an der Decke. Direkt vor dem Weihnachtsbaum.

„Danke, mein Schatz." Tante Eileen lächelte und zuckte überrascht zusammen, als Gray einen Wäschekorb ins Zimmer zog und ihn praktisch nicht vor ihre, sondern auf ihre Füße fallen ließ. „Ach du lieber Himmel." Was machst du da?"

„Oh, oh", murmelte jemand von der anderen Seite des Raumes.

Catherine kam zurück ins Wohnzimmer. „Tut mir leid, Leute. Ich denke, wir haben etwas mitzuteilen."

Tante Eileen grinste wie eine Verrückte und hob ein kleines farbiges Quadrat hoch. Eines der Dinge, die er Gray heute hatte tragen gesehen. „Hat es vielleicht etwas damit zu tun?"

„Was ist das?" Catherine kniff die Augen zusammen.

Das Lächeln auf Tante Eileens Gesicht verwandelte sich in einen Ausdruck der Verwirrung. „Nach den Pastelltönen des Garns und der traditionellen Zick-Zack-Form zu urteilen, vermute ich, dass es sich um den Anfang einer Babydecke handelt."

Catherines Augen weiteten sich. „Wem gehört sie?"

„Ich dachte", Tante Eileen starrte ihre Nichte an, „dir."

„Nicht mir." Sie schüttelte den Kopf. „Handarbeit und ich vertragen uns nicht"

„Aber du wolltest uns gerade sagen, dass du schwanger bist?"

Connor hatte den Arm bereits schützend um seine Frau geschlungen, grinste und nickte. „Sind wir."

Jubel und Glückwünsche und ein paar *Wows* hallten durch den Raum. Sofort sprangen die Leute auf, um die bald frischgebackenen Eltern zu umarmen.

Ein scharfer Pfiff durchbrach das fröhliche Chaos. Tante Eileen stand da und hatte immer noch die kleinen

Finger in ihren Mundwinkeln. Sie griff hinter sich und hob die Decke hoch, damit jeder sie sehen konnte.

„Ich nehme nicht an", Catherine blickte zu Meg, „dass es etwas mit den Essiggurken in deinem Eis zu tun hat?"

„Essiggurken?"

Reed war sich nicht sicher, welche der anwesenden Ladies das Wort voller Abscheu gemurmelt hatte. Aber den Gesichtsausdrücken auf mehreren Gesichtern nach zu urteilen, hätte es jede sein können.

Meg seufzte, legte eine Hand auf das Knie ihres Mannes und lächelte. „Überraschung."

An der Art, wie Adams Augen aufsprangen, konnte Reed sehen, dass die Ankündigung für ihn genauso überraschend war wie für alle anderen im Raum. Bevor irgendjemand reagieren konnte, hatte er seine Frau in eine erdrückende Umarmung gewirbelt.

„Whoa, Cowboy", rief Meg. „Wenn du nicht mit Gurken und Vanilleeis bedeckt sein möchtest, solltest du das vielleicht nicht noch einmal tun."

„Oh mein Gott. Es tut mir so leid." Aufgeregt klopfte Adam ihr auf die Schultern, als wollte er ein nervöses Fohlen beruhigen. „Geht es dir gut?"

Lächelnd nickte sie. „Ja, ich bin nur hungrig."

Gray bellte und Tante Eileen blickte nach unten. Er hatte einen weiteren Gegenstand aus dem Korb geholt. Ein Knäuel aus blauem Garn, an dessen Ende die Anfänge von etwas baumelten.

Tante Eileen hob den Gegenstand hoch und blickte zu Catherine. „Deines?"

Connors Frau schüttelte den Kopf.

Sie drehte sich um und winkte Meg zu. „Deines?"

Wie ihre Schwägerin schüttelte auch Meg den Kopf.

Ein langsames Lächeln breitete sich auf Eileens Gesicht aus. „Okay, wer will noch beichten?"

Augen durchsuchten den Raum und sahen einander an, als sich ganz langsam eine Hand nach oben bewegte.

„Das", sagte Becky leise, „wäre meins. Grandma bringt mir bei, wie man Söckchen häkelt. Aber was ich nicht verstehe, ist, wie Grey an meine Stricktasche im Auto gekommen ist?"

„Wer weiß?" D.J. legte den Arm um die Taille seiner Frau und kicherte. „Es handelt sich um Gray."

„Du sagst es", stimmte Sean nickend zu.

„Das muss also", Tante Eileen nahm ein Stickmuster in einem Stickrahmen aus dem Korb und wedelte damit zwischen Meg und Catherine hin und her, „einer von euch beiden gehören."

Niemand, vor allem nicht Reed, erwartete, dass beide Köpfe sich von links nach rechts bewegten.

„Nicht?", flüsterte Tante Eileen. „Ich glaube, ich muss mich setzen."

Die Frau fiel praktisch auf den Sessel hinter ihr. Wegen ihres benommenen Gesichtsausdrucks, vergaßen so gut wie alle im Raum die bevorstehende Nachricht über ein weiteres Baby und gingen zu ihrer Tante.

Als Brooks sie am Handgelenk packte, schien sie aus ihrem Nebel aufzuwachen. „Es geht mir gut. Aber wem", sie schwenkte die Stickerei in der Luft herum, „gehört das?"

Von seinem Platz aus konnte Reed das schwere Seufzen vom Rand der Menge hören, Sekunden bevor Jamie und Abbie ihre Finger fest miteinander verschränkten.

„Das wären wir", sagte Abbie.

„Oh mein Gott." Tante Eileen hob ihre Hand an ihr Herz. „Vier. Wir bekommen vier Enkelkinder?"

Mehrere Köpfe bewegten sich und Eileens Augen wurden plötzlich groß und rund. „Noch irgendjemand?"

Sean lachte. „Mein Gott, Frau." Reichen dir vier nicht?"

Sie stimmte in das Lachen ein und schlug ihrem Mann spielerisch auf den Arm. „Ich will nur sichergehen."

Wie aufs Stichwort steckte der andere Hund seine Schnauze in den Korb und holte eine Rassel hervor.

„Und jetzt bin ich mir nicht mehr so sicher", sagte Tante Eileen leise.

Alle Augen folgten dem Hund, als er zu Eileen aufsah, nach links und dann nach rechts blickte und sich vorwärtsbewegte. Als er vor Chloe stehen blieb, begann Reeds Herz zu rasen.

Niemand im Raum war überraschter als Chloe, als die kleine Holzrassel in ihrem Schoß landete. Mit großen Augen schüttelte sie schnell den Kopf. „Schaut mich nicht an. Soweit ich weiß, sind im Norden keine unbekannten hellen Sterne aufgegangen."

Der Witz über die unbefleckte Empfängnis entspannte die Nervosität im Raum und brachte alle zum Lachen.

Tante Eileen schlug sich mit den Händen auf die Schenkel und stand auf. „Nun", sie blickte zu Chloe, „das wäre nicht das erste Mal, dass die Hunde etwas wussten, was keiner von uns wusste." Sie neigte einmal ihr Kinn und schlug sich mit den Händen auf die Schenkel. „Ich weiß nicht, wie es bei euch ist, aber ich denke, es ist Zeit für einen feierlichen Drink." Sie richtete ihren Blick auf die vier schwangeren Frauen und lächelte. „Natürlich alkoholfrei. Und dann ab zur Parade."

Sean griff nach der Hand seiner Frau. „Das wird ein tolles Weihnachtsfest."

Tante Eileen lehnte sich an ihren Mann und nickte. „Ich wette, nicht nur ein tolles Weihnachtsfest, sondern auch ein verdammt tolles Jahr."

# EPILOG

„Wo soll ich die hintun?" Reed hielt zwei Steppdecken in der Hand und starrte Chloe an, als wäre sie die einzige Frau auf dem Planeten. „Zurück in den Schrank oder auf die Betten der Mädchen?"

Chloe bewegte sich langsam auf ihn zu und strich mit dem Respekt, den so ein Stück alter amerikanischer Handwerkskunst verdiente, sanft über die geliebten Decken. „Ich denke, es ist Zeit, sie auf die Betten zu tun."

„Dann auf die Betten." Er beugte sich vor und gab ihr einen sanften Kuss auf die Nase.

Für den Bruchteil einer Sekunde war sich Morgan nicht sicher, ob einer der beiden sich bewegen würde, als Reed schließlich einen Schritt zurücktrat und nach oben marschierte.

„Ihr beide macht das oft, nicht wahr?", fragte er.

„Hmm?" Chloe wandte ihren Blick von der Treppe ab und sah Morgan an. „Entschuldigung, was?"

Er kicherte vor sich hin und schüttelte den Kopf. „Egal." Seit er und seine Brüder am Tag nach Weihnachten angekommen waren, hatten Reed und Chloe sich immer wieder in verschiedene Ecken dieses Hauses und der Ranch geschlichen, um kleine Zärtlichkeiten auszutauschen.

„Habe ich schon Danke gesagt?"

Morgans Bruder Quinn blieb im Vorbeigehen

stehen und neigte seinen Kopf zu Chloe. „Nur hundertmal. Gern geschehen."

„Ich bin euch so dankbar", wiederholte sie.

Schritte hallten die Treppe hinunter, und Reed tauchte wieder auf und schlich sich neben Chloe. „Ich möchte dir etwas zeigen, bevor du die Mädchen abholst." Er wandte sich an Morgan. „Wenn du Zeit hast, könnte ich Hilfe gebrauchen, um es hereinzubringen."

„Ich habe gerade nichts zu tun." Technisch gesehen war seine Arbeit getan, aber es war schon so viele Jahre her, seit er bei den Texas-Farradays gewesen war, dass es ihm nichts ausmachte, so lange zu bleiben, wie er konnte.

Mit einem Nicken folgte Chloe ihm und Morgan nach draußen zu einem der Pickup-Trucks.

„Ich wollte, dass du uns sagst, in welchem Raum im Haus wir es aufstellen sollen." Reed beobachtete sie aufmerksam und entfernte mit einer vorsichtigen Bewegung die Schutzdecke von dem darunter liegenden Möbelstück.

Chloes Mund klappte auf und ihre Hände flogen zu ihrem Gesicht. „Oh mein Gott."

„Gefällt er dir?", fragte Reed.

Aus irgendeinem Grund hatte Morgan das Gefühl, Zeuge eines privaten Gesprächs zu sein, und fragte sich, ob jetzt ein guter Zeitpunkt wäre, seine Stiefel auf Kieselsteine zu überprüfen.

„Ob er mir gefällt?" Sie drehte sich um, um ihn zu umarmen. „Ich liebe ihn. Ich glaube nicht, dass Nanas Schminktisch jemals so schön ausgesehen hat."

„Ich habe ein wenig Hilfe von Sam bekommen. Abgesehen davon, dass er sich mit Rindern auskennt, scheint der Vorarbeiter der Ranch auch ziemlich gut darin zu sein, Antiquitäten zu restaurieren. Ich habe seine Anweisungen befolgt und da steht das gute Stück."

Langsam glitten ihre Finger über die Oberfläche. Sie öffnete jede der schmalen Schubladen, bevor sie noch einmal über das Holz strich. „Ich kann es nicht glauben. Ich dachte, er wäre ruiniert."

Reed schüttelte den Kopf, ohne seinen Blick auch nur ein einziges Mal von Chloe abzuwenden. Morgan hatte viele Männer gesehen, die sich Hals über Kopf in ein Mädchen verknallt hatten. Aber diese beiden waren so offensichtlich ineinander verliebt, dass er seinen letzten Cent darauf verwetten würde, dass Reed ihr bald einen Ring an den Finger stecken würde.

Morgan war sich sicher, dass sie jeden Augenblick spontan in Flammen aufgehen würde, weil sie sich so intensiv anstarrten. „Sollen wir?", wagte er zu fragen.

„Ja." Reed nickte. „Wo willst du ihn haben, Chloe?"

„In meinem Zimmer", antwortete sie wehmütig.

Gut. Morgan war nicht darauf aus gewesen, dieses Stück die schmale Treppe hinaufzumanövrieren.

„Wir haben dein Bett aufgestellt." Onkel Sean zog eine letzte Schraube an dem Möbelstück fest, das sie auf dem Dachboden gefunden hatten, und übergab Jamie die Werkzeuge. „Sie stellen wirklich keine Möbel mehr wie früher her."

„Du sagst es." Chloe ließ sich auf der Matratze nieder. „Vielleicht brauche ich eine Leiter, um hier jeden Abend hochzukommen."

Gelächter erfüllte den Raum und Chloes Gesichtsausdruck wurde weicher, als sie Jamie ansah. „Ich verspreche, ihm ein gutes Zuhause zu geben."

„Hey." Er hob seine Hände mit den Handflächen nach außen. „Ich habe dir gesagt, du tust mir einen Gefallen. Ich habe Pläne für den Dachboden, falls ich ihn jemals leer bekomme."

„Das sagt er jetzt." Onkel Sean klopfte seinem Neffen auf die Schulter, hob dann den Werkzeugkasten hoch und blieb neben Morgan stehen. „Ich weiß nicht, wann wir ohne eure Hilfe hiermit fertig geworden wären."

„Es tut mir nur leid, dass Dad uns nicht früher Bescheid gesagt hat. Ich weiß, dass es für ihn schwer ist, sich von Mom davonzuschleichen, aber wir nehmen ständig Aufträge außerhalb der Stadt an. Sie hat nie nachgefragt, als wir sagten, wir nehmen einen Auswärtsjob an, um der Witwe eines Kriegsveteranen zu helfen."

„Wenn wir das nächste Mal Hilfe brauchen, werde ich daran denken, meinen Cousin außen vorzulassen."

„Mach das." Morgan war so glücklich, den Familien seiner Onkel Sean und Brian helfen zu können, dass er seinen Onkel fest umarmte.

„In Ordnung." Tante Eileen klatschte in die Hände. „Es wird spät. Das Haus sieht fantastisch aus und die Silvesterparty beginnt pünktlich um zwanzig Uhr bei Reed. Also sputet euch."

Morgan lachte und sein Bruder Quinn trat neben ihn. „Ich wette, sie könnte Mom in die Schranken weisen."

„Ich wette, sie könnte einen ganzen Zug Marines in die Schranken weisen." Die beiden Brüder grinsten und folgten den anderen zur Tür hinaus. Es gab eine Party, die sie nicht verpassen wollten.

Das Geplapper und Chaos, das das Ranchhaus beherrschte, erinnerten Morgan so sehr an seine Kindheit. Seine Mutter war die Strenge, aber sein Vater sorgte trotzdem dafür, dass der irische Geist in jedem Aspekt ihres Lebens spürbar war.

„Nehmt ihr eure eigenen Autos oder fahrt ihr mit uns?", fragte Finn.

Ryan, der dritte Bruder, der als Teil des Wiederaufbautrupps mitgekommen war, blickte zu Morgan und Quinn, bevor er antwortete. „Wir nehmen einen unserer Trucks."

Finn nickte. „Joanna und ich fahren in etwa fünfzehn Minuten. Dad und Tante Eileen könnten sich etwas verspäten. Wenn ihr startklar seid, könnt ihr uns folgen."

„Hört sich gut an."

Auf halbem Weg zur Tür blieb Finn stehen und wirbelte herum. „Ich freue mich, dass ihr hier seid." Ohne auf eine Antwort zu warten, drehte er sich um und ging weiter.

„Was zum Teufel ist eurer Meinung nach vor all den Jahren passiert?" Quinn fragte, was all seine Brüder dachten.

„Ich weiß, was du meinst. Mom hat es immer so klingen lassen, als wären wir hier nicht mehr willkommen, aber ich fange an zu glauben, dass das gelogen war."

Morgan nickte. Irgendetwas war suspekt, aber er würde nicht zulassen, dass sie das neue Jahr deswegen mit dem falschen Fuß begannen. Die drei warfen eine Münze, um zu sehen, wer fahren würde, und in weniger als einer Stunde schlenderten die drei Farraday-Cousins in ein hübsches Ranchhaus aus Backstein.

„Willkommen." Reed streckte jedem Bruder die Hand entgegen. „In der Küche gibt es Punsch und Snacks, aber bitte öffnet nicht die Doppeltür."

„Verstanden." Morgan hatte genug Junggesellenunterkünfte besucht, um zu wissen, dass es in jedem Haus mindestens einen Raum gab, der zunächst als Sammelraum diente und sich schnell zu einer Rumpelkammer entwickelte.

Als sich die Haustür das nächste Mal öffnete kamen ein Schwall kalter Luft und zwei Cowboys und ihre Frauen herein. Adam und Brooks stampften fast synchron ihre Füße auf der Matte ab.

„Hey", sagte Adam mit einem Lächeln, verzichtete

auf den Händedruck und zog Morgan in eine Umarmung. „Ich kann immer noch nicht glauben, dass ihr alle hier seid."

Im Laufe des Abends verlagerten sich die Gespräche von Isolierung und Holzträgern auf das Wachstum von Tuckers Bluff, die bevorstehende Vergrößerung der Familie durch vier weitere Farradays und darauf, wie sie es schaffen sollten, Tante Eileen deswegen ruhig zu halten.

„Letzte Nacht hatte ich einen Traum." Meg blinzelte. „Jedes Mal, wenn ich unser Kind fragte, was das Zauberwort ist, antwortete es Grandma."

Alle in Hörweite brachen in Gelächter aus. Die neue Frau seines Onkels mochte für die meisten Erwachsenen im Raum, ob blutsverwandt oder nicht, Tante Eileen sein, aber für die nächste Generation war sie Grandma.

Das Wohnzimmer war für einen Spieleabend für die Kinder eingerichtet. Damit die Eltern eine gute Zeit haben konnten, waren ein paar der Brady-Teenager als Babysitter engagiert worden. Aber aktuell gingen immer noch Eltern ein und aus, um nach ihrem Nachwuchs zu sehen. Ein paar von Morgans Cousins kamen vorbei, nur um an den Spielen teilzunehmen. Es entwickelte sich schnell zu einem magischen Beginn eines neuen Jahres.

„Oh mein Gott." Quinn biss genüsslich zu und stöhnte praktisch vor Freude. „Hast du die probiert?"

„Welches?", fragte Ryan.

„Ich glaube, sie hat Mimosa gesagt."

„Oh ja." Ryan lächelte. „Erinnert mich an dieses orangefarbene Eis am Stiel."

„Oh, nein. Die Dinger hier sind viel besser."

Chloe kam mit einem Tablett voller russischer Eier auf sie zu. „Wollt ihr eines probieren?"

„Gerne doch", wiederholten die drei Männer.

Adam, der immer noch dastand und mit seinen Cousins plauderte, winkte ab. „Nein. Ich warte auf die Fleischbällchen. Ich habe gehört, dass Tante Eileen eine besonders große Menge gemacht hat."

Das Gespräch wechselte von einer netten Anekdote zur nächsten, und als es um die Geschichten der beiden Hunde ging, wusste Morgan nicht, ob er lachen oder testen sollte, ob sein Cousin Fieber hatte.

„Er übertreibt nicht." Sister, eine von zwei interessanten Geschwistern, die den örtlichen Gemischtwarenladen führten, schüttelte den Kopf. „Diese Hunde sind etwas Besonderes."

„Und", fügte Sissy, die andere interessante Schwester, hinzu, „ich habe gehört, einer hat unserer Chloe eine Kleinigkeit geschenkt."

„Ich würde jetzt keine Gerüchte verbreiten." Chloe erschien mit einem neuen Tablett vor Adam. „Ich habe gehört, dass du auf die Fleischbällchen wartest."

„Oh ja."

„Bist du nicht ein bisschen neugierig?", fragte Sissy.

Chloe schüttelte den Kopf. „Absolut nicht."

Aber Morgan sah, wie ihr Blick zu Reed hinüberglitt, der neben dem Weihnachtsbaum stand und an der Stereoanlage herumfummelte, die die ganze Nacht Weihnachtslieder gespielt hatte. Wenn Morgan es nicht besser wüsste, würde er schwören, dass die beiden Telepathen waren. Kaum war ihr Blick auf ihm gelandet, schossen seine Augen in ihre Richtung. Fast so, als wüsste er, dass sie ihn ansah. Ein albernes Lächeln breitete sich auf seinem Gesicht aus und innerhalb von Sekunden erblühte ein passendes Grinsen auf ihren Lippen. Diese beiden hatte es wirklich schlimm erwischt.

„Oh." Tante Eileen, die sich mit Catherine über Pläne für einen Kindergarten unterhalten hatte, stieß gegen Morgan. „Entschuldigung. Das ist mein Stichwort. Ich muss los."

Ihr Stichwort?

„Habe ich etwas verpasst?", fragte Quinn.

Morgan zuckte mit den Schultern.

Das Nächste, was er sah, war, dass Tante Eileen die Schiebetüren aufschob. „Leute, ich hoffe, die Häppchen haben euch geschmeckt, aber das Beste haben wir uns für das neue Jahr aufgehoben."

Morgan warf einen Blick auf seine Uhr. Wann war es so schnell so spät geworden? Es war schon fast Mitternacht.

„In meiner Familie gibt es mehrere Traditionen, die wir gerne mit euch teilen möchten. Natürlich gibt es jede Menge Schlangenbohnen." Sie lächelte. „Wobei ich den Ruhm hierfür nicht einsacken kann. Die gab es in Texas schon, bevor ich hier ankam."

Der Raum brach in schallendes Gelächter aus. „Es gibt Weintrauben, die Glück bringen, und genau um Mitternacht öffnen wir die Vordertür, um die Segen des neuen Jahres hereinzulassen, und die Hintertür, um die Lasten des alten hinauszuschmeissen. Und natürlich gibt es einen Korb mit Mistelzweigen. Wer seine wahre Liebe finden möchte, muss heute Nacht nur mit einem Zweig unter dem Kissen schlafen."

„Kommt es nur mir so vor", Quinn beugte sich zu Morgan, „oder entwickelt sie plötzlich einen irischen Akzent?"

Morgan lachte. „Könnte sein."

„Jetzt ist es Zeit für alle, sich eine schöne Mahlzeit zu gönnen. Und werft euer Brot gerne an die Wand, wenn ihr wollt." Ohne Erklärung lächelte sie und entfernte sich vom Esszimmereingang.

Mehrere Köpfe drehten sich einander zu und runzelten verwirrt die Stirn.

„Ihr glaubt doch nicht, dass Tante Eileen wirklich

nicht mehr alle Tassen im Schrank hat, und Mom uns deshalb all die Jahre von hier ferngehalten hat?"

Morgan kratzte sich am Kopf. „Alles ist möglich, auch wenn es unwahrscheinlich ist, aber ich vermute, wenn du morgen nach der Sache mit dem Brot googelst, findest du eine Erklärung."

„Du hast wahrscheinlich recht."

„Natürlich habe ich das." Morgan lächelte und machte sich auf die Suche nach dem guten irischen Essen. Es war ein harter Kampf gewesen, die Mängelliste abzuarbeiten, bevor Chloe heute mit all ihren Habseligkeiten ankam. Es war ihm wichtig gewesen, dass sie das neue Jahr in ihrem eigenen Haus beginnen konnte.

Bereits im Raum, stand Chloe fast wie erstarrt da und streichelte sanft mit ihren Fingern die freie Fläche auf dem Tisch. „Das ist *der* Tisch."

Reed nickte. „Es bedurfte einiger Überzeugungsarbeit, aber ich habe Jamie einen fairen Preis dafür angeboten, und da er ihn nicht brauchte, stimmte er zu."

„Hier sieht er noch schöner aus als auf dem Dachboden."

Er nickte und schluckte schwer.

Etwas ging hier vor sich. Und obwohl der Klang der Vernunft Morgan anschrie, er solle die beiden in Ruhe lassen, konnte sich ein anderer Teil von ihm nicht dazu durchringen, sich zu bewegen. Ehrlich gesagt war er sich nicht sicher, ob er jemals wieder so viel Liebe an einem so kleinen Ort sehen würde.

„Ich weiß, dass du viele neue Pläne für dein Haus und dein Leben hast", begann Reed, und Chloe hob ihr Kinn, um sein Gesicht besser sehen zu können. „Und ich weiß, dass die letzten Wochen ein Wirbelsturm aus Chaos, Kummer, Freude und Aufregung waren."

Langsam nickte sie. Ihr Gesichtsausdruck war

unleserlich, ihre Augen voller Hoffnung.

„Warum stehst du nur in der Tür –“ Ryan trat neben ihn.

Morgan streckte seinen Arm aus und unterbrach seinen Bruder. „Schh.“

Man musste ihm zugutehalten, dass Ryan schweigend einen Blick in den Raum warf, dann sah, was sein Bruder beobachtete, und flüsterte: „Oh.“

Reed fiel auf ein Knie.

„Und da kommt es“, flüsterte Morgan mit einem Lächeln.

„Wenn du dir vorstellen kannst, diese Pläne, deine Träume, ein Zuhause mit mir zu teilen, sei es in deinem Haus, in meinem Haus oder in einem neuen Haus, das ganz uns gehört, würdest du mich zum glücklichsten Mann der Welt machen.“

Morgan hielt den Atem an. Sie musste *Ja* sagen.

Reed zog eine Samtschachtel aus seiner Tasche und öffnete sie. „Willst du mich heiraten?“

Die nächste Sekunde verging wie in Zeitlupe. Morgans Mund wurde trocken und Ryans Hand schoss hervor, um seinen Arm zu drücken. Als Chloe ihre Arme um Reeds Hals warf, sie beide umwarf und wiederholt *Ja* rief, warf Morgan seine Faust in die Luft und rief einen Siegesschrei aus. Hinter ihm brach Applaus aus und ihm wurde klar, dass er nicht der Einzige gewesen war, der den Heiratsantrag am Esstisch belauscht hatte.

„Sieht so aus, als würde es in Tuckers Bluff ein weiteres Jahr mit einer Rekordernte für die Liebe werden.“ Ein Mann, den Morgan noch nicht getroffen hatte, lächelte neben ihm.

„Hallo.“ Morgan streckte seine Hand aus. „Morgan Farraday, Sean und Eileens Neffe.“

„Frank Carter“, antwortete der Mann. „Koch im Silver Spur.“

„Sie sagen ein liebesreiches Jahr voraus?“

„Das muss man nicht voraussagen. Es ist eher ein Trend.“ Der Mann drehte sich zu Morgan um. „Wenn Sie auf der Suche nach der Liebe Ihres Lebens sind, ziehen Sie einfach nach Tuckers Bluff.“

Irgendwie glaubte Morgan nicht, dass es so einfach war. Er blickte sich zu all seinen inzwischen verheirateten und glücklichen Cousins um. Eine schöne Vorstellung, aber so einfach konnte es doch nicht sein.

# EXCERPT:

# MORGANS LIEBESBEWEIS

„Ich gehe mit und erhöhe um zwei." Eileen Farraday warf ihre Chips auf den Tisch. Weitere Chips landeten klappernd im Pot. Ihre Karten waren schon den ganzen Morgen über heiß gewesen. Sie wagte es nicht, sich zu bewegen. Aus Angst, ihr Glück könnte schwinden, erlaubte sie sich nicht einmal, zur Damentoilette zu rennen. Grandma Siobaughn hatte immer gesagt: *Wenn du gesegnet bist, ändere nichts.* Aber dieser kleine Spruch war nicht in Stein gemeißelt. Ihre gesegnete Großmutter war nämlich auch dafür bekannt, beim Kartenspielen aufzustehen und herumzulaufen, um ihr Glück zum Besseren zu wenden.

„Royal Flush." Mit einem breiten Grinsen breitete Ruth Ann ihre Karten aus und wartete triumphierend darauf, dass die anderen ihre Karten zeigten.

„Mist." Sally May schlug ihre Karten auf den Tisch. „Ich dachte, du bluffst."

Eileen war ebenfalls darauf hereingefallen. Wer hätte gedacht, dass Ruth Ann eine der wenigen Hände haben würde, die ihren Vierling schlagen könnte?

„Oh mein Gott." Dorothy, eines der Gründungs-mitglieder des Tuckers-Bluff-Ladies-Club, zeigte mit ihren Karten auf die Tür.

Groß, schlank, mit einer Sonnenbrille, die fast so groß war wie ihr Gesicht, und einem Hut, der an einen glamourösen Star aus einem Film aus den Fünfzigern erinnerte, stand eine Frau in der Tür des Cafés und ließ ihren Blick diskret durch den Raum schweifen.

Die gut gekleidete Blondine erinnerte Eileen an ihre Nichte Meg an dem Tag, als sie nach Tuckers Bluff gekommen war. Zu hübsch und zu aufgebrezelt, um irgendwo aus dieser Gegend zu kommen. „Ich frage mich, wer sie ist."

„Neue Lehrerin?", schlug Abbie vor, während sie ihre Kaffeekaraffe hochhielt und jede der Frauen mit hochgezogenen Brauen anblickte, stumm fragend, ob sie mehr möchten oder nicht. „Ich habe gehört, dass sie in den nächsten Tagen in der Stadt eintreffen sollte. Und in Megs Bed-and-Breakfast übernachten wird, bis sie eine feste Wohnung findet."

„Wenn sie die neue Grundschullehrerin ist, habe ich dieses Jahr meinen fünfundzwanzigsten Geburtstag gefeiert." Sally May warf Abbie einen Blick zu. „Keine Frau, die täglich mit kleinen Kindern arbeitet, würde so gekleidet hier auftauchen, als wäre sie vom Cover eines Pariser Modemagazins gefallen. Nicht einmal, wenn wir *in* Paris wären."

„Und schon gar nicht im staubigen Viehland von West-Texas." Dorothy nickte. „Beim ersten Anzeichen von klebrigen Fingern oder einem klecksenden Magic Marker würde diese Frau nach Hause rennen."

„Nun, es sieht so aus, als würden wir es gleich herausfinden." Eileen deutete mit dem Kopf auf ihre Nichte Joanna, die durch die Tür kam und den Neuankömmling begrüßte. Alles, was Eileen brauchte, war Zeit, um eine Portion ihrer Kürbis-Brownies zuzubereiten, und fünf Minuten allein mit Finns Frau, und schon hätte sie die ganze Geschichte, einschließlich der Blutgruppe der Fremden. *Ja. Neugier war nicht dieser Katze Tod.*

„Nun, was haben wir denn hier." Dorothy blickte zum Seitenfenster. „Vielleicht solltest du dir das ansehen, Eileen."

Weil sie wissen wollte, was Dorothy entdeckt hatte, wandte sie ihren Blick von den beiden Frauen ab, die noch immer an der Tür standen, und schaute aus dem Seitenfenster. Gray, der wunderschöne Wolfsmischling, der jetzt auf der Ranch lebte, saß den Kopf zur Seite geneigt am Rand des Parkplatzes und blinzelte sie an. „Was zum Teufel macht er den ganzen Weg hier draußen?"

„Vielleicht hat er sich auf der Ladefläche deines Trucks versteckt", schlug Ruth Ann vor.

„Vielleicht." Ihr Gesicht verzog sich nachdenklich. „Aber das glaube ich nicht."

„Du willst doch nicht sagen, dass Gray wieder zu seinen alten Tricks greift?", entgegnete Sally May leise.

Alle vier Köpfe wandten sich der großen Blondine zu.

„Vielleicht." Eileen musterte den Neuankömmling aufmerksam. *Aber für wen?*

Morgan Farraday beobachtete aufmerksam, wie Meg auf die zwei Holzbalken starrte, die bis gestern die Rückwand des kleinen Familienwohnzimmers gebildet hatten. Den heutigen Vormittag hatte er damit verbracht, die Rigipsplatten und den Putz von dem einzigen Hindernis zu reißen, das zwischen dem neuen Wintergarten und dem stand, was bald eine vergrößerte Wohnung für ihre und Adams wachsende Familie sein würde.

„Wow, einfach wow." Meg wirbelte herum und schlang ihre Arme um seinen Hals, küsste seine Wange und hüpfte praktisch von ihm weg, um erneut auf den größtenteils offenen Raum zu starren. „Das wird großartig."

„Es ist deine Vision." Morgan lächelte die Frau seines Cousins an. Meg war eine kluge und kompetente Geschäftsfrau, die zufällig eine unglaublich nette Lady war – und das perfekte Gegenstück zu seinem Cousin Adam. Der entzückte Ausdruck und das Grinsen, das sich von einer Seite ihres Gesichts zur anderen erstreckte, waren die beste Bestätigung für einen gut ausgeführten Plan. Er liebte es, Menschen glücklich zu machen und die Renovierungsträume eines Hausbesitzers wahr werden zu lassen. Umso besser, wenn der Hausbesitzer zur Familie gehörte. „Jetzt hast du genügend Platz für alle Sachen von Fiona."

„Da wäre ich mir nicht so sicher. Wer hätte gedacht, dass ein so kleines Ding so viel … Zeug brauchen würde." Sie kicherte und blickte weiterhin auf den neuen offenen Raum, anstatt sich zu ihm zu drehen. „Wann werden die Träger entfernt?"

„Jetzt."

„Wirklich?" Aufgeregt drehte sie sich wieder um und lächelte noch strahlender als im Moment zuvor.

„Der neue Stützbalken steht bereits, also brauchen wir die nicht mehr. Willst du helfen?"

„Bist du sicher?"

Er unterdrückte ein Lachen, zog seinen Hammer aus der Metallgürtelschlaufe und streckte grinsend seinen Arm aus. Im Handumdrehen waren die Balken verschwunden und Meg stand stolz da und bewunderte den wirklich geräumigen Raum. Kaum war die Tat vollbracht, waren hinter ihnen schwere Schritte zu hören.

„Hat dir schonmal jemand gesagt, wie sexy du mit

einem Schutzhelm aussiehst?"

„Nicht das ich wüsste." Morgan lachte seinen Cousin Adam an, der seine Frau anstarrte, als wären sie gerade erst frisch verheiratet. Was war es nur mit der jungen Liebe und dieser Seite der Familie? Bei diesen beiden sah es so einfach aus, verliebt zu sein. Er hatte vor langer Zeit gelernt, dass Ambitionen und Chaos irgendwann siegten und dass das Leben – sein Leben – allein viel einfacher war.

Meg verdrehte die Augen, nahm ihren Helm ab und reichte ihn Morgan. „Danke. Das hat Spaß gemacht."

Spaß? Das musste eine Premiere sein. Er kannte nicht viele Frauen, die Spaß an Abrissarbeiten hatten. Wäre es ein anderer Ort und eine andere Zeit, hätte Morgan sich gefragt, ob Meg eine ledige Schwester hatte. Auch wenn das boomende Baugewerbe, das ihn durch seinen ganzen Staat zog und wie jetzt sogar nach West-Texas, Zeit für eine Frau in seinem Leben lassen würde, hatte er seine Lektion gelernt. *Täusche mich einmal, Schande über dich. Täusche mich zweimal, Schande über mich.* Solch besondere Frauen wie Meg liefen einem nicht täglich über den Weg. Nicht ohne Haken. Komplizierte Haken.

Adam näherte sich seiner Frau, legte seinen Arm um ihre Taille, zog sie an sich und küsste sie sanft auf die Lippen. „Im Ernst, du siehst großartig aus und das Zimmer auch."

Megs Augen funkelten ihren Mann an.

Der einfache Austausch von Liebe und Zuneigung fühlte sich seltsam persönlich an. Morgan richtete seinen Blick auf die umgestürzten Pfosten und untersuchte sie kurz, bevor er es wagte, seine Aufmerksamkeit wieder seinem Cousin und der jetzt fehlenden Wand zuzuwenden.

Meg tätschelte den Arm ihres Mannes und drehte sich zu Morgan um. „Ich bin so froh, dass du deckenhohe Fenster anstelle von typischen Rahmenfenstern vorgeschlagen hast."

Ihre überschäumende Begeisterung schob sein Unbehagen beiseite und erinnerte ihn noch einmal daran, warum er froh war, hier zu sein. „Als du erwähnt hast, wie wichtig Licht für dich ist, war das eine Selbstverständlichkeit."

„Sieht gut aus." Sein Bruder Ryan kam aus dem Flur. „Bald musst du Fiona nicht mehr den ganzen Weg zu Onkel Sean und Tante Eileen schleppen, um dem Baulärm zu entgehen."

Meg wand sich auf der Stelle. „Ich bin mir nicht sicher, ob das Tante Eileen gefallen wird, selbst wenn sie Fiona heute Becky für eine Weile überlassen musste, damit sie das Kartenspiel nicht verpasst."

Ryan schüttelte den Kopf. „Tante Eileen spielt wirklich Poker in einem Café?"

„Gewissenhaft." Adam kicherte.

„Nun", Ryan zuckte mit den Schultern, lächelte und schüttelte den Kopf, „nur noch ein paar Tage und wir gehen euch nicht mehr auf die Nerven."

Die lockere Stimmung, die den Raum erfüllt hatte, wurde ernster. Seit Morgan letztes Weihnachten die Brandsanierung in Chloes Haus durchgeführt hatte, suchte er ständig nach einem guten Grund, mehr als ein Wochenende in Tuckers Bluff zu verbringen. Als Adam sich an ihn wandte und ihm erklärte, dass sie nicht aus dem Bed-and-Breakfast ausziehen wollten, obwohl sie etwas mehr Platz brauchten, nutzten Morgan und sein Bruder die Chance, sich auf der Ranch eine Zeit lang bei diesem Teil der Farradays einzuquartieren. Vielleicht hätten er und Ryan nicht so hart und schnell arbeiten sollen.

Meg verzog das Gesicht. „Ich möchte euch wissen lassen, dass wir euch beide sehr gerne um uns haben. Außerdem, ich bin mir nicht so sicher, ob es Tante

Eileen gefallen wird, wenn sie nicht jeden Tag ihr Baby bekommt, aber sie hat erwähnt, dass sie das große Bad auf der Ranch erneuern möchte. Sie sagt, es sei Zeit für eine ebenerdige Dusche."

„Tatsächlich", Adam zeigte mit dem Finger auf ihn, „sind Brooks und Allison fast so weit, um mit der nächsten Phase des Krankenhauses zu beginnen."

Ryan kicherte. „Ihr versucht doch nicht, uns in Texas festzuhalten, oder?"

„Natürlich nicht", wiederholten Adam und Meg schnell.

Adam trat einen Schritt vor und nickte von einem Bruder zum anderen. „Es war wirklich schön, euch wieder hier zu haben." Zweifellos dachte Adam an all die verlorenen Jahre zwischen den beiden Farraday-Clans. Ähnliche Gedanken und Gefühle gingen auch ihm durch den Kopf, da er es so einfach fand, mit seinen Cousins genau dort weiterzumachen, wo sie als Teenager aufgehört hatten.

„Seht uns nicht so an." Ryan schüttelte den Kopf. „Es war wirklich toll, den Kontakt wieder aufzufrischen. Wir kommen wieder öfter vorbei, versprochen. Dennoch werde ich das nagende Gefühl nicht los, dass es weniger eine Frage von Angebot und Nachfrage ist, uns hierher zu holen, um zu helfen, als vielmehr Teil eines meisterhaften Plans von Tante Eileen, die einzigen verbliebenen Farraday-Junggesellen zu verheiraten."

Adam hustete und Meg schlug ihm leicht gegen den Arm.

„Was?" Adam zuckte mit den Schultern, als er seine Frau ansah. „Der Mann könnte recht haben."

Lächelnd schüttelte Ryan heftiger den Kopf. „Ich bin froh, dass alle verheirateten Farradays so glücklich sind. Das bin ich wirklich, aber zufällig bin ich gerne Single. Ich kann gehen, wohin ich will, wann ich will.

Was mich daran erinnert." Er wandte sich an Morgan. „Owen und Pax gehen dieses Wochenende mit ein paar Jungs auf die Jagd. Glaubst du, dass du den Rest hier ohne mich zu Ende bringen kannst?"

Mit verschränkten Armen nickte Morgan. Er war nicht so darauf bedacht wie Ryan, nach Hause zu eilen. Das Leben war gut zu ihm gewesen. Sehr gut. In den letzten Jahren hatte er nicht ein einziges Mal gedacht, dass in seinem Leben etwas fehlte. Bis er nach Tuckers Bluff zurückgekehrt war. Und auch wenn er sich nicht für die subversiven Partnervermittlungspläne interessierte, die seine Tante vielleicht im Sinn hatte, gefiel ihm die Idee, so lange wie möglich hier zu bleiben.

„Hallöle", rief Becky.

Das alte Sprichwort über das laute Klappern kleiner Füße war absolut wahr. Morgan drehte sich um, als die weibliche Stimme von unten rief, und konnte auch schon die kleinen Schritte hören, die über die Holzböden tapsten und zweifellos auf dem Weg zur Treppe waren.

„Erwischt." D.J.s Stimme drang die Treppe hinauf, gefolgt vom Kichern ihrer Tochter Katie, offiziell Caitlin Helen Farraday.

Alle Erwachsenen im dritten Stock gingen nach unten. Meg war die erste Person, die das Erdgeschoss erreichte, und holte ihr kleines Mädchen aus den Armen ihrer Schwägerin. Fiona und Katie, die nur ein paar Monate auseinanderlagen, verstanden sich wie eineiige Zwillinge. Es war ein Riesenspaß, den beiden dabei zuzusehen, wie sie Seite an Seite die Welt um sie herum erkundeten. Mehr Spaß, als er noch vor ein paar Monaten gedacht hätte.

„Vielleicht müssen wir darüber nachdenken, ein Gitter im ersten Stock anzubringen, auch wenn es für die Gäste etwas umständlich ist." Adam schüttelte den

Kopf, als seine Nichte ihr Bestes tat, um sich aus den Armen ihres Vaters zu befreien.

„Tut es nicht wegen Katie. Wir sind nicht oft genug hier und bevor ihr euch verseht, rennt sie wie eine olympische Athletin ohne Aufsicht die Treppe hinauf." D.J. setzte sein Mädchen ab, den Arm bereit, bei Bedarf zuzuschnappen, um den geölten Blitz wieder einzufangen.

Morgan erwartete, dass sie wieder direkt auf die untere Stufe zusteuern würde, und war überrascht, als Katie stattdessen in seine Richtung stürzte und ihre Arme nach ihm warf.

„Na, hallo." Nach ein paar Wochen mit einem Haufen Kleinkindern hatte sich Morgan mit der Routine ziemlich vertraut gemacht. Zuerst spielte er *Wessen Bauch ist das* und kitzelte ihren Bauch, dann spielten sie *Flugzeug*, bei dem er sie über seinen Kopf hielt und sie hin und her bewegte, bis sie so laut kicherte, dass jeder im Raum mitlachen musste.

Während D.J.s kleine Caitlin die Abenteuerlustige war, war Adams Fiona die Kuschlerin. Sie war immer froh, ihren Kopf an die Schulter von jemandem zu legen und einfach nur die Menschen um sie herum zu beobachten und von ihnen zu lernen, besonders ihrer Cousine. Wie jetzt. Irgendwann gab sie ihrer Neugier nach und wandte sich an Onkel Morgan.

„Das machst du für einen Junggesellen wirklich gut." Beckys funkelnde Augen blieben auf ihre Tochter gerichtet, während Morgan sie hoch über seinem Kopf hielt.

„Ich lerne schnell." Er zog Katie an sich und rieb ihren Bauch mit seinem Kopf. Ihr Kichern brachte ihn und alle anderen Erwachsenen ebenfalls zum Lachen.

Seine Cousins hatten tatsächlich den Hauptpreis des Lebens gewonnen. Morgan war schon immer von seiner Familie umgeben gewesen. Er und seine Brüder standen sich sehr nahe. Damit war er zufrieden gewesen, aber jetzt wurde er das Gefühl nicht los, dass er etwas ganz Besonderes verpasste. Natürlich hatte er sich nach dem College genauso gefühlt, als er einen Ring für Carolyn gekauft hatte. Und alle wussten, wie gut das ausgegangen war.

Der Hut war definitiv übertrieben. Andererseits war die heiße Sonne von Texas das ebenfalls. Als blondes Kind mit lilienweißer Haut, das an den Stränden Südkaliforniens aufwuchs, hatte Valerie Moore nicht lange gebraucht, um zu erkennen, dass die Sonne definitiv nicht auf ihrer Seite war. Übertreibung hin oder her, Hüte waren ihre Freunde.

„Valerie?" Eine zierliche, dunkelhaarige Frau mit einem Lächeln, so strahlend wie die Sonne von Texas, blickte zu ihr auf.

„Joanna?"

Die Frau streckte ihre Hand aus. „Willkommen in Tuckers Bluff."

„Danke." So weit, so gut. Joanna war persönlich genauso angenehm wie am Telefon.

Eine Kellnerin schlich sich mit einem ebenso strahlenden Grinsen an Joanna heran. Da sie aus Kalifornien kam, waren freundlich lächelnde Menschen nichts Ungewöhnliches, aber diese Leute sahen alle wie Grinsekatzen aus. Vielleicht lag es an der Hitze.

„Nun, das ist eine schöne Überraschung." Die Kellnerin umarmte sie kurz.

„Hey." Jo erwiderte die vertraute Umarmung, drehte sich um und winkte Val zu. „Valerie, das ist meine Cousine Abbie."

„Freut mich, Sie kennenzulernen." Abbie nickte.

„Ist mir ein Vergnügen", antwortete sie und versuchte, ihrem eigenen Lächeln etwas Schwung zu verleihen.

„Da ich in der Stadt bin, dachte ich, ich könnte später mal vorbeischauen und Brendan besuchen – und natürlich auch Jamie."

„Natürlich." Die Frau lachte. „Wenn du kommst, schau unbedingt nach, ob er zu Hause ist oder das Baby ins Pub mitgenommen hat, obwohl es für Jamie schwieriger ist, zu arbeiten, seit Brendan krabbelt."

*Baby? Ins Pub?* Vals Blick wanderte von einer Frau zur anderen. Sicherlich musste es einen guten Grund für ein Baby in einem Pub geben. Auf die Schnelle fiel ihr nichts ein, aber sie kam zu dem Schluss, dass es ein verrückter Grund sein musste, und fragte sich dann, ob er sogar verrückt genug war, um das Ganze in eine Sitcom zu verwandeln. Sie schüttelte im Geiste den Kopf und holte tief Luft. Niemand mochte eine verzweifelte Produzentin. Schade, denn die möglichen Eskapaden drehten sich in ihrem Kopf bereits wie eine Filmrolle im Zeitraffer.

„Alles okay?", fragte Joanna sie.

„Was? Ja. Warum?"

„Du schüttelst den Kopf."

„Oh." Val lachte. Ihre Mimik und Gestik hatten ihre Gedanken schon ein paarmal zu oft verraten. „Tut mir leid, ich habe etwas gegrübelt."

„Ah." Joanna ließ wieder dieses blendende Texas-Lächeln aufblitzen.

„Tisch oder Nische?" Abbie schnappte sich eine einzelne Speisekarte.

„Nische. Hinten."

„Gut." Joannas Cousine nickte, führte sie zu einer Ecknische mit etwas Abstand zum nächsten Tisch und reichte Val eine Speisekarte. „Es sollte noch etwa eine Stunde lang nicht überfüllt sein."

„Danke.“

Kaum hatte sie ihr Getränk bestellt und erkannt, dass Joanna und fast alle anderen in der Stadt keine Speisekarte brauchten, klingelte ihr Telefon und Aufregung schoss durch ihren Körper. „Da muss ich rangehen. Entschuldigst du mich?“

„Natürlich.“

Auf der Suche nach Privatsphäre schlängelte sie sich durch die Tische in den hinteren Flur, kam an einer freistehenden Leiter vorbei und überlegte kurz, wer mitten in einem Flur eine Leiter zurückließ. Sie hielt ihr Telefon ans Ohr und überlegte, ob sie sich in die Damentoilette zurückziehen sollte. Doch bei ihrem Glück, war jede Kabine besetzt und es würde im ganzen Raum laut hallen, wenn alle Besucher gleichzeitig spülten. Sie drehte dem Essbereich den Rücken zu, steckte einen Finger in ihr anderes Ohr und vergrub ihr Gesicht in der dunklen Ecke. „Was haben sie gesagt?“

Marilyn, ihre beste Freundin seit dem ersten Jahr an der UCLA und Drehbuchautorin einer der heißesten Serienadaptionen im Kabelfernsehen, hatte ihre Verbindungen genutzt, um Vals letzte Idee anzupreisen. Sie hatte gehofft, dass ihre Bemühungen mit einem Insider an ihrer Seite vielleicht Früchte tragen würden. „Nein.“

*Mist.* Davor hatte sie Angst gehabt. Ihre Stirn schlug gegen die harte Wand. Drei Serien vorgeschlagen, drei Serien abgelehnt. Sie konnte es ihnen nicht verdenken, sie war von ihrem letzten Projekt auch nicht besonders begeistert gewesen, aber der Ausstieg aus dem Reality-TV-Business war ihre beste Chance auf das Voranbringen ihrer Karriere. Schade, dass das sonst niemand so sah.

„Bist du noch da?“

„Ja.“

„Entschuldigung. Der Wechsel in dieser Branche ist nicht einfach."

Gott, wenn sie das nicht wusste. Sie hatte gehofft, Joanna davon überzeugen zu können, ihr die Serienrechte an ihrem neuen Buch zu übertragen. Doch nach diesem erneuten Rückschlag stellte sich die Frage, ob es überhaupt eine Rolle spielte, wie gut die Geschichte war, die sie daraus machen könnte, wenn man sie lediglich als Reality-TV-Autorin wahrnahm.

„Sie wären interessiert, wenn du ein frisches Konzept für eine neue Hausrenovierungsshow entwickeln würdest."

Und erneut, war nicht genau das das Problem? Auf wie viele Arten könnte ein Produzent alte Häuser noch renovieren?

„Die Umbaushow mit all diesen Retro-Stars war ein Hit. Vielleicht sollten wir so etwas versuchen?"

„Das wäre aber nichts Neues, oder?"

„Das ist Hollywood. Improvisiere."

„Leichter gesagt als getan." Wenn sie nur bei ihrem schwindenden Kontostand improvisieren könnte. Sie hob den Kopf und atmete langsam aus. „Ich bin beim Mittagessen. Lass uns später reden."

„Hört sich gut an. Ruf an, wenn du zurück in LA bist."

„Wird erledigt." Sie kniff die Augen zusammen und sprach ein stilles Gebet. Ihr Bauchgefühl sagte ihr, dass Joanna Farradays Buch die Antwort auf all ihre Probleme enthielt.

Mit geöffneten Augen wirbelte sie herum, überrascht von dem blendenden Lichtstrahl, der aus einem entfernten Fenster fiel. Sie machte einen kurzen Schritt, blinzelte und machte noch einen, bevor ihr Zeh mit etwas Hartem in Berührung kam. Ihr Blick fiel auf den Boden und sie versuchte immer noch zu erkennen, was sich direkt vor ihr befand. Wer hatte die Leiter bewegt?

„Sorry." Die Stimme war tief und sehr männlich.

Ihr Blick hob sich. „Kein Problem …" Die Worte versiegten in ihrem Mund. Auf der einstmals leeren Leiter, tauchten, direkt in ihrem Blickfeld, in Jeans gekleidete, perfekt gerundete stählerne Pobacken auf. Ein muskulöses Bein stieg eine Stufe hinab, was den Jeansstoff enger um diesen stählernen Po zog. Hätte sie auch nur einen Tropfen Speichel im Mund gehabt, hätte sie gesabbert.

„Entschuldigung", brummte er.

Langsam fiel ihr Blick auf seine Lederstiefel, dann zurück auf das wohlgeformte Gesäß und hinauf zu einer Gürtelschnalle in der Größe des ganzen Staats Texas.

„Ich muss runter."

Runter? Wieder einmal wanderte ihre Konzentration auf und ab, bevor ihr Gehirn schließlich begann, auf Hochtouren zu laufen, als ihr klar wurde, dass sie ihm im Weg stand. Sie trat einen Schritt zurück und ihr Mund verband sich mit ihrem Gehirn. „Es tut mir leid. Ich habe Sie nicht hereinkommen hören."

„Sie waren am Telefon. Es schien wichtig, aber ich hatte nur ein paar Minuten und habe Abbie versprochen, einen Blick auf das Licht zu werfen."

„Ja." Die einzelne Silbe war nicht ganz die passende Antwort, aber der fast hypnotische Klang seiner Stimme hatte sie erneut aus der Bahn geworfen. Zusammenhängende Sätze zu bilden, war einfach nicht möglich.

Als er schließlich auf dem Boden war, steckte er einen Schraubenzieher in eine Tasche, die an seiner Hüfte hing. So wie er die Hand an seine Stirn hob, glaubte sie fast, er wollte seinen nichtexistierenden Hut antippen. „Danke. Einen schönen Tag noch."

Ein Lächeln breitete sich auf seinem Gesicht aus. Sie blickte in tiefblau funkelnde Augen und zum zweiten Mal in nur wenigen Augenblicken wurde ihr Mund ganz trocken. Irgendwie schaffte sie es *Dir auch* zu murmeln, während er die Leiter zusammenklappte, sie hochhob und sich umdrehte, um wegzugehen. Der Schraubenzieher, und wer weiß was sonst noch, klimperte bei jedem seiner Schritte. Kein Wunder, dass der Sender eine Renovierungsshow wollte. Diesem Mann könnte sie jeden Tag bei der Arbeit zusehen.

# ÜBER CHRIS KENISTON

Chris Keniston ist Autorin von vierzig zeitgenössischen Romanen und lebt mit ihrem Mann, zwei menschlichen Kindern und zwei Hundekindern in einem Vorort von Dallas. Obwohl sie beide Hunde gleichermaßen liebt, gibt sie zu, eine ganz besondere Bindung zu ihrem Deutschen Schäferhund aus dem Tierheim zu haben. Schließlich verdienen auch Hunde ein Happy End.

Auf www.chriskeniston.com erfahren Sie mehr über Chris Keniston und ihre Bücher.

Folgen Sie Chris' Montagsblog auf ihrer Website ChrisKenistonAutoren

Folgen Sie Chris auf Facebook unter ChrisKenistonAutorin